村上春樹と《鎮魂》の詩学

午前8時25分、多くの祭りのために、ユミヨシさんの耳

小島基洋 *Motohiro Kojima*

青土社

目次

村上春樹と《鎮魂》の詩学

午前8時25分、
多くの祭り《フェト》のために、
ユミヨシさんの耳

村上春樹と《鎮魂》の詩学——午前8時25分、多くの祭り《フェト》のために、ユミヨシさんの耳

まえがき

村上春樹の原点は処女作『風の歌を聴け』にある。より正確に言えば、『風の歌を聴け』十九章の中の一段落にある。[1]

三人目の相手は大学の図書館で知り合った仏文科の女子学生だったが、彼女は翌年の春休みにテニス・コートの脇にあるみすぼらしい雑木林の中で首を吊って死んだ。彼女の死体は新学期が始まるまで誰にも気づかれず、まるまる二週間風に吹かれてぶら下がっていた。今では日が暮れると誰もその林には近づかない。

「羊をめぐる冒険」
「世界の終りとハードボイルド・ワンダーランド」
「ノルウェイの森」
「1973年のピンボール」
「ダンス・ダンス・ダンス」
「風の歌を聴け」

木々に囲まれて命を絶った恋人。彼女の存在を如何に描くかというのが、村上の作家生活の――少なくとも最初の十年間の――最も重要な課題となっていく。

本書では、『風の歌を聴け』（一九七九年）から『ダンス・ダンス・ダンス』（一九八八年）に至る六つの長編小説を対象に、村上がその困難な課題と如何に格闘していったかを跡付けていくことになる。

鍵となるのは、各六作品に用いられた六つの技法だ。それらは、村上春樹の《鎮魂》の詩学とでも呼ばれるべきものだろう。

「チンコン？」

「魂を鎮め、落ち着かせ、傷を癒すための作品だ。だから世間のつまらない批評や賞賛は、あるいは経済的報酬は、彼にとってはまったく意味を持たないものだった。むしろあってはならないものだった。この絵が描かれ、この世界のどこかに存在しているというだけで、彼にはもう十分だったんだ。たとえ紙にくるまれて、屋根裏に隠され、他の誰に見られなかったとしてもね。そしてぼくは彼のそういう気持ちを大事にしたいと思う」

（『騎士団長殺し』[2] 第二部・四四六―四七）

我々は屋根裏に上がり、若き日の村上が描いた名画の包装を一枚一枚解いていくことになる。村上氏にはその無作法を許して頂ければと思う。彼の絵を読み解くことは、〈喪われた恋人〉の魂を共に鎮める作業なのだと、筆者は信じている。

1 村上春樹『風の歌を聴け』（講談社、一九七九年）九四頁。
2 村上春樹『騎士団長殺し』（新潮社、二〇一七年）。

第一章

『風の歌を聴け』と《虚偽》の詩学

ホワイト・クリスマス、
カポーティ、
雲雀の舞い唄《フライト・ソング》

神戸港

鼠は本から顔を上げて首を横に振った。「でもね、ずいぶん本を読んだよ。この間あんたと話してからさ。『私は貧弱な真実より華麗な虚偽を愛する。』知ってるかい?」

——『風の歌を聴け』

村上春樹のデビュー作『風の歌を聴け』[1]（一九七九年）。その色鮮やかなカバーに描かれているのは、夜の波止場で煙草を燻《くゆ》らす青年の後ろ姿だ（図1）。彼がTシャツ一枚であることを考えれば、季節は夏なのだろう。だが、視線を上部に移すと、その場にそぐわない言葉に目が留まる。

「...BIRTHDAY AND WHITE CHRISTMAS」――この不可思議なメッセージに思考を巡らすことは、しかし、本作の核心に秘められた大切なものから遠ざかることでしかない。二十九歳の新人作家・村上が掲げた《虚偽》に〈幻惑〉されているのだ。

小説『風の歌を聴け』は《虚偽》をめぐる物語だと言えるのかもしれない。

【図1】『風の歌を聴け』カバー

「あんたは本当にそう信じてる？」

「ああ。」

鼠はしばらく黙りこんで、ビール・グラスをじっと眺めていた。

「嘘だと言ってくれないか？」

鼠は真剣にそう言った。（一五〇）

僕と彼女の間には、この前に会った時とは違った何かしらちぐはぐな空気があった。

「旅行は楽しかった？」僕はそう訊ねてみた。

「旅行になんて行かなかったの。あなたには嘘をついてたのよ。」

「何故嘘なんてついた？」
（一六二）

彼女はコーヒーで口の中のパンを嚥み下してからじっと僕の顔を見た。

「**嘘つき！**」


と彼女は言った。

しかし彼女は間違っている。僕はひとつしか嘘をつかなかった。

（一六五―六六）


登場人物たちは偽りの言葉を、強く望み、潔く認め、激しく詰《なじ》る。「嘘」をめぐる一連の会話は、相手こそ違えど、語り手である主人公・僕の「嘘」に対する過敏さを反映しているのだろう。その背景には、言葉の真偽をめぐる彼の葛藤がある。

「今、僕は語ろうと思う」――小説の第一章で、物語ることの決意を表明した僕は、同時に、真実を語ることへの自信の無さを吐露している。

しかし、正直に語ることはひどくむずかしい。僕が正直になろうとすればするほど、正確な言葉は闇の奥深くへと沈みこんでいく。（五）

僕には「正確」に語り得ぬことがあり、そして、それは奇妙なことに「正直」になることによって一層、その「正確」さを失っていくのだと言う。もしも、その陥穽《かんせい》から逃れようとするのなら、僕に残された道は《虚偽》を語ることしかない。「正直」さとも「正確」さとも無縁なのが《虚偽》だからだ。

そもそも、村上が処女作『風の歌を聴け』の冒頭で提起したのは、「完璧」に書くことの不可能性の問題であった。

「完璧な文章などといったものは存在しない。完璧な絶望が存在しないようにね。」

僕が大学生のころ偶然に知り合ったある作家は僕に向ってそう言った。僕がその本当の意味を理解できたのはずっと後のことだったが、少くともそれをある種の慰めとしてとることも可能であった。完璧な文章なんて存在しない、と。

しかし、それでもやはり何かを書くという段になると、いつも絶望的な気分に襲われることになった。僕に書くことのできる領域はあまりにも限られたものだったからだ。

例えば象について何かが書けたとしても、象使いについては何も書けないかもしれない。
そういうことだ。（三：傍線筆者）

「書くことのできる領域」に関して、彼は作家生活の第一号となる卓抜な比喩を使ってこう説明する。「象」については書けても「象使い」については書けないかもしれないのだ、と。

村上春樹の初期作品を読むというのは、彼が描き出す華麗な「象」に〈幻惑〉される体験である。その際に留意すべきことは、彼が本当に書きたいのは「象使い」の方なのかもしれないということだろう。『風の歌を聴け』を手に取った読者が本当に読むべきなのは、夜空に明記された偽りの言葉「WHITE CHRISTMAS」ではなく、暗い海に背を向ける青年の胸の内であるのかもしれない。そこには、書かれ得ぬ「象使い」への切ない想いが幾重にも折り畳まれ、仕舞い込まれている。

《虚偽》としてのホワイト・クリスマス

「ハッピー・バースデイ、そしてホワイト・クリスマス」——作家・村上春樹が初めて記した言葉である。一九七八年、千駄ヶ谷のバー「ピーター・キャット」のマスター・村上春樹は、新人賞に応募すべく、初めて書き上げた小説を講談社に送る。このフレーズこそが、タイトルとして原稿用紙に記されたものであった。[2] 翌年四月、編集部の要請で[3]題名を「風の歌を聴け」に変更した本作は、見事、群像新人文学賞を受賞し、三か月後の七月には佐々木マキのイラストを携えて出版された。その過程を反映してか、「HAPPY BIRTHDAY AND WHITE CHRISTMAS」という英文が、現在に至るまで、その名残《なごり》をカバーの上部に留めている。しかも、単行本のカバーを取り去れば、この言葉がロゴマークとなって表紙の中央部に配置されていることに気づくだろう（図2）。

タイトルの変更過程について沈黙を守ってきた村上本人は、二〇一五年になって「とくに気に入っていたタイトルでもなかったので、わりにすんなり要請に応じました[4]」と振り返ることになるが、書籍に残るオリジナル・タイトルの影を見ると、そこに強いこだわりがあったのではないかと勘繰りたくもなる。

小説『風の歌を聴け』の装丁にあしらわれたフレーズ「HAPPY BIRTHDAY AND WHITE CHRISTMAS」。しかし、この英文が喚起するクリスマスの雪景色は、真夏の十九日間を描いた本作の世界観には余り似つかわしいものではない。

【図2】『風の歌を聴け』表紙

この話は1970年の8月8日に始まり、18日後、つまり同じ年の8月26日に終る。（一一―一二）

『風の歌を聴け』の主人公・僕は、この静かな宣言文と共に、海辺の街に帰省した二十一歳の夏を語り始める。「鼠」と呼ばれる友人とジェイズ・バーでビールを飲んだこと。本を読み、プールで泳ぎ、偶然に出会った小指のない女の子と心を通わしたこと。ビーチボーイズが気怠く歌う「カリフォルニア・ガールズ」をBGMに、一九七〇年夏の断片がクールに語られていく。

そんな真夏の空気を存分に閉じ込めた小説『風の歌を聴け』において、時季外れの「ホワイト・クリスマス」が言及されるのは、作品の終盤に配置された「後日談」の中でのことである。

鼠はまだ小説を書き続けている。彼はその幾つかのコピーを毎年クリスマスに送ってくれる。昨年のは精神病院の食堂に勤めるコックの話で、一昨年のは「カラマーゾフの兄弟」を下敷きにしたコミック・バンドの話だった。あい変わらず彼の小説にはセックス・シーンはなく、登場人物は誰一人死なない。

原稿用紙の一枚めにはいつも、

「ハッピー・バースデイ、
　そして
ホワイト・クリスマス。」

と書かれている。僕の誕生日が12月24日だからだ。　（一九一―九二）

親友・鼠が毎年送ってくる小説の冒頭に、「ハッピー・バースデイ、そしてホワイト・クリスマス」という言葉が記されているのだという。しかし、このエピソードは、作品の中心をなす僕の夏の物語からは八年の時を隔てた「後日談」の一部に過ぎず、それを小説の題名にするのは、些《いささ》か不可解でもある。[5]

群像新人文学賞に応募した村上は、《虚偽》のタイトルによって、プロの読み手である編集者とプロの書き手である選考委員を〈幻惑〉しようとしたのかもしれない。主人公の生誕を祝福する的外れなタイトルは、作中に秘められた哀悼すべき死から読者の注意を逸らすのに効果的であったはずだ。村上が多くを語ろうとしない中で、当時の戦略を詮索すれば、そういうことになるだろう。そして、今もなお、装丁に刻印された「HAPPY

BIRTHDAY AND WHITE CHRISTMAS」というフレーズは、初めて本書を手にする読者を〈幻惑〉し続けているのである。

《虚偽》としてのカポーティ

『風の歌を聴け』――その平明なタイトルが意味するものは、しかし、必ずしも自明ではない。変更前のタイトルと違って、本文中に直接的な典拠を持たないのだ。では、その解釈が百パーセント読者に委ねられているかと言えば、そういうわけでもない。というのも、後年、このフレーズの出典として、村上本人が、ある外部のテクストに繰り返し言及するのである。

　トルーマン・カポーティの短編小説『最後のドアを閉じろ』の最後の一行、この文章に昔からなぜか強く心を惹かれた。Think of nothing things, think of wind、僕の最初の小説『風の歌を聴け』も、この文章を念頭にタイトルをつけた。nothing things という言語感覚がすごくいいですね。

（『サラダ好きのライオン』[6] 二〇一二年）

トルーマン・カポーティの短編「最後のドアを閉じろ」（Shut a Final Door）は、現実逃避する主人公の様子と共に結末を迎える。失恋し、失職し、精神的に追い詰められた若きビジネスマンである彼は、逃避行先のホテルにまで見知らぬ男から電話がかかってくることに狼狽し、錯乱状態に陥る。

そのとき電話が鳴った。また鳴った。大きな音だったのでホテルじゅうに聞こえているだろうと彼は思った。このままにしておいたら軍隊が部屋のドアを叩きかねない。そう思ったので彼は顔を枕に押しつけ、両手で耳をふさいだ。そして思った。何も考えまい。ただ風のことを考えていよう。

（「最後のドアを閉めて」[7] 川本三郎訳）

呼び出し音が鳴り響く中、枕に顔を埋めた主人公の心の声が「最後の一行」である。

ここで注意すべきは、「風の歌を聴け」というフレーズと「Think of nothing things, think of wind」というフレーズの間には、明白な対応関係があるわけではない、ということである。[8] 作者本人の説明がなければ、現在に至るまで、両者が結び付けられることは無かったはずだ。

村上は「think of wind」という英文を『風の歌を聴け』という題名に、少しでも近づけ、寄り添わせたかったのだろう。別の機会でカポーティの「最後の一行」に言及しつつ、こう訳している。

僕はこの題を、トルーマン・カポーティのある短編小説の最後の一節にあった「もう何も思うまい、何も考えるまい。ただ風の音にだけ耳をすまそう」という文章から、イメージとしてとりました。でも正直に言って、この題は自分ではあまり気に入っていません。

（『そうだ、村上さんに聞いてみよう』[9] 二〇〇〇年）

「think of wind」を「ただ風の音にだけ耳をすまそう」と意訳することによって、彼はカポーティの原文と自作の「気に入って」いない題名との隔たりを埋めようとするのだ。

村上はなぜ「風の歌を聴け」というタイトルが気に入らないのか。出版から六年後には、既に彼は題名のニュアンスに関する不満を口にしていた。

……「シャット・ア・ファイナル・ドア（最後の扉を閉めろ）」の、最後の文章からきてるんです。「何も思うまい。ただ風にだけ心を向けよう」というところから「風の歌を聴け」になったんだけど、結果的には何か非常に甘い感じのタイトルになってしまって僕としては心外なんです。もともとのつもりとしては、このカポーティの文章のように、わりに苦いタイトルのはずだったんだけど。

（『小説新潮』一九八五年夏号）[10]

村上は「風の歌を聴け」というタイトルが「非常に甘い感じ」であることを嫌い、「カポーティの文章のように」「わりに苦い」ものとして受け取られることを望んでいる。実は、小説『風の歌を聴け』は、その内部に極めて「苦い」要素を含んでもいるのだが、彼が読者の目からどうしても遠ざけたかったのは、そこに秘められた僕の「非常に甘い」想いだったのではないだろうか。

短編「最後のドアを閉じろ」との言わば《虚偽》の関連性を繰り返し語る村上は、自身が『風の歌を聴け』の深層に閉じ込めた感傷性を悟らせまいと、カポーティで〈幻惑〉し続けてきたのかもしれない。

《虚偽》としてのハートフィールド

読者を〈幻惑〉するために村上が召喚した米国人作家はカポーティだけではない。SF作家デレク・ハートフィールドもその一人である。

僕は文章についての多くをデレク・ハートフィールドに学んだ。殆んど全部、というべきかもしれない。不幸なことにハートフィールド自身は全ての意味で不毛な作家であった。読めばわかる。文章は読み辛く、ストーリーは出鱈目であり、テーマは稚拙だった。しかしそれにもかかわらず、彼は文章を武器として闘うことができる数少ない非凡な作家の一人でもあった。（五―六）

主人公の僕が「文章」を書くにあたって「殆んど全部」を学んだと語るハートフィールドは、「文章を武器として闘うことができる」作家であったとされる。同じく「出鱈目」な「ストーリー」と「稚拙」な「テーマ」から成る『風の歌を聴け』も、「文章」としては読むべき価値がある作品だ――この記述を、そう理解するのだとしたら、それはハートフィールドにまんまと〈幻惑〉されたことになる。少なくとも『風の歌を聴け』には、真面目なテーマと巧妙なストーリーが伏在しているからだ。

「風の歌を聴け」というタイトルが、ハートフィールドの小説に由来すると考える研究者もいる。村上が引用したハートフィールドの短編「火星の井戸」を以下に再掲しよう。

ある日、宇宙を彷徨う一人の青年が井戸に潜った。彼は宇宙の広大さに倦み、人知れぬ死を望んでいたのだ。下に降りるにつれ、井戸は少しずつ心地よく感じられるようになり、奇妙な力が優しく彼の体を包み始めた。

・・・・・・・・・・・・・・・・・・・・・・・・・・・・・・・・・

「あと25万年で太陽は爆発するよ。パチン……OFFさ。25万年。たいした時間じゃないがね。」

風が彼に向ってそう囁いた。

「私のことは気にしなくていい。ただの風さ。もし君がそう呼びたければ火星人と呼んでもいい。悪い響きじゃないよ。もっとも、言葉なんて私には意味はないがね。」

「でも、しゃべってる。」

「私が？　しゃべってるのは君さ。私は君の心にヒントを与えているだけだよ。」

（一五五―五七：傍線筆者）

柘植光彦は「この小説のなかで、タイトルの『風の歌を聴け』に関する具体的な説明がおこなわれているのは、この部分だけである」とし、ユングを援用した上で、「『風の歌を聴くこと』とは集合的無意識の声に耳を傾けることだ」[11]という指摘をする。しかし、この解釈もまたハートフィールドに〈幻惑〉されたものの一つだ、と言えるのかもしれない。『風の歌を聴け』のタイトルは、実際のところ、何に由来しているのだろう。[12]カポーテイの短編「最後のドアを閉じろ」にしろ、ハートフィールドの短編「火星の井戸」にしろ、「風」の出典としては妥当だとしても、そこに「歌を聴け」の部分まで見出すことは難しい。すなわち、〈風〉〈歌〉〈聴く〉の三つのうち、後ろの二つの出所が不明確なのである。

しかし、この〈歌〉と〈聴く〉の二要素が、奇しくも二つ同時に出現したのが、新人賞を受賞した本作が書籍として刊行された時のことである。単行本の末尾に書き加えられた「ハートフィールド、再び……（あとがきにかえて）」から引用しよう。村上氏自身がハートフィールドの墓参りに行った挿話である。

> ニューヨークから巨大な棺桶のようなグレイハウンド・バスに乗り、オハイオ州のその小さな町に着いたのは朝の7時であった。僕以外にその町で下りた客は誰ひとり居なかった。町の外れの草原を超えたところに墓地はあった。町よりも広い墓地だ。僕の頭上では何羽もの雲雀がぐるぐると円を描きながら舞い唄《フライト・ソング》を唄っていた。
>
> たっぷり一時間かけて僕はハートフィールドの墓を捜し出した。まわりの草原で摘んだ埃っぽい野バラを捧げてから墓にむかって手を合わせ、腰を下ろして煙草を吸った。五月の柔らかな日ざしの下では、生も死も同じくらい安らかなように感じられた。僕は仰向けになって眼を閉じ、何時間も雲雀の唄を聴き続けた。
>
> （二〇〇：傍線筆者）

母親が死んだショックでエンパイヤ・ステート・ビルから飛び降りた作家ハートフィールド。彼が眠る墓地を訪れた村上は、そこに寝ころび「雲雀の唄を聴き続けた」のだと言う。ここに、題名でもある「風の歌を聴け」の〈歌〉と〈聴く〉の要素が共に現れるのだ。ただし、この時、彼が「聴」いたのは〈風〉の〈歌〉ではなく、あくまで「雲雀の唄」であり、残念ながら、そこには〈風〉の要素だけは欠落している。仮に、空を「ぐるぐる」と舞う「雲雀」を〈風〉に読み替えたとしたら、やはり、それは強引な解釈に過ぎるだろうか。

ともかく、ここで一旦、確認しておくべきことは、小説『風の歌を聴け』において、作者・村上春樹が辿り着いた最終目的地がハートフィールドの墓地だったということだ。わざわざ渡米した彼は、そこで「生も死も同じくらい安らかなように感じ」ながら、自死を遂げた作家の魂を弔うのである。

しかし、ハートフィールドに〈幻惑〉されてはならない。言うまでもないことだが、デレク・ハートフィールドなどという作家は実在しないのだ。村上はSF作家ハートフィールドという《虚偽》の「象」を創作して、書かれ得ぬ「象使い」から読者の目を逸らしたのだろう。村上が『風の歌を聴け』を通して、本当に弔わねばならぬのは、ハートフィールドではなく、もうひとりの自死者の魂なのである。

《虚偽》としての八月

『風の歌を聴け』には、自死を選んだ人物が、ハートフィールドの他に、もうひとり登場する。もちろん、本文で紹介された彼の短編「火星の井戸」に登場する青年——「風」の話に絶望して拳銃自殺する——の他に、ということである。

「僕は21歳で、少なくとも今のところ死ぬつもりはない。僕はこれまでに三人の女の子と寝た」（九〇）——そう唐突に切り出した『風の歌を聴け』の主人公は、関係をもった女性とのエピソードを開陳していく。朝日新聞の日曜版の上で抱き合った高校時代の恋人のこと、一週間ほど同棲したヒッピーの女の子のこと、そして、その淡々とした語りは、図書館で知り合った女子学生のことに及ぶ。

> 三人目の相手は大学の図書館で知り合った仏文科の女子学生だったが、彼女は翌年の春休みにテニス・コートの脇にあるみすぼらしい雑木林の中で首を吊って死んだ。彼女の死体は新学期が始まるまで誰にも気づかれず、まるまる二週間風に吹かれてぶら下がっていた。今では日が暮れると誰もその林には近づかない。
>
> （九四：傍線筆者）

見逃してはならないのは、死を選んだ恋人について語る際に何気なく言及される「風」の存在である。やはり、『風の歌を聴け』というタイトルは、独り「風に吹かれて」いた恋人に対する僕の「非常に甘い」想いを指示するフレーズとして再解釈される余地があるのだ[13]。

しかし、そのような感傷的な読みの可能性は、主人公の言動によって、あらかじめ閉ざされているようにも見える。僕は命を絶った恋人に対して非常に冷淡な態度を示すのである。

三人目のガール・フレンドが死んだ半月後、僕はミシュレの「魔女」を読んでいた。優れた本だ。そこにこんな一節があった。

「ローレンヌ地方のすぐれた裁判官レミーは八百の魔女を焼いたが、この『恐怖政治』について勝誇っている。彼は言う、『私の正義はあまりにあまねきため、先日捕えられた十六名はひとが手を下すのを待たず、まず自らくびれてしまったほどである。』」（篠田浩一郎・訳）

私の正義はあまりにあまねきため、というところがなんともいえず良い。（一〇三）

【図3】　ミシュレの『魔女』

火あぶりを恐怖するあまり「自らくびれ」ていった人々のエピソードを紹介した後で、冷酷にも僕はこう付け加える――「なんともいえず良い」。しかも、この引用部の冒頭にある「三人目のガール・フレンドが死んだ半月後」という記述は、先に引用した「まるまる二週間風に吹かれてぶら下がっていた」という箇所に対応している。つまり、僕がミシュレの「魔女」（図3）を読んだ時というのは、彼女の縊死の知らせを聞いた時とほぼ一致するのだ。その事実は、〈喪われた恋人〉に対する僕の非情さを、一層、際立たせることになる。

しかし、その酷薄な態度とは裏腹に、時系列への度重なる言及は、「三人目の相手」の死にまつわる日時への僕の強い執着を物語っている。読者も以下のような述懐を丁寧にたどっていけば、その日付に接近することができるはずだ。

僕は以前、人間の存在理由《レーゾン・デートゥル》をテーマにした短かい小説を書こうとしたことがある。結局小説は完成しなかったのだけれど、その間じゅう僕は人間のレーゾン・デートゥルについて考え続け、おかげで奇妙な性癖にとりつかれることになった。全ての物事を数値に置き換えずにはいられないという癖である。……当時の記録によれば、１９６９年の８月15日から翌年の４月３日までの間に、僕は３５８回の講義に出席し、54回のセックスを行い、６９２１本の煙草を吸ったことになる。

……………………………………………………………

そんなわけで、彼女の死を知らされた時、僕は６９２２本めの煙草を吸っていた。

（一一七―一一八）

この記述から、僕が「三人目の相手」の死を知らされたのは、一九七〇年四月四日の早朝だということが推定される。であれば、彼女が命を絶ったのは、その「二週間」前、おそらく三月の二十日前後のことなのだろう。

「三人目の相手」の死をめぐる僕の奇妙な韜晦《とうかい》は、八月の日付について明確に記された以下の文章と鮮やかな対照をなす。再度、引用しよう。

この話は１９７０年の８月８日に始まり、18日後、つまり同じ年の８月26日に終る。

（一一―一二）

本作の中心をなす一九七〇年八月の十九日間は、このように不自然なまでの厳密さで提示されていた。ここから逆に浮かび上がるのは、四月四日という日付を「正直」に書き記すことの困難さだ。ましてや、彼女が死に向かった「正確」な日付は、最後まで我々に明かされることはない。

三月の下旬に命を絶ち、四月上旬に発見された〈喪われた恋人〉の存在は、村上が小説の冒頭で述べた「書くことのできる領域」の外部にある。僕が「書くことのできる」のは、それから四か月が経過した平穏な夏の日々でしかないのだろう。村上は八月という《虚偽》の「象」で読者を〈幻惑〉したのかもしれない。「象使い」たる彼女の死を描くには、本当は舞台を「春休み」に設定しなくてはならなかったのだ。

《虚偽》としての雲雀

『風の歌を聴け』に登場した「三人目の相手」を「書くことのできる領域」に入れる作業は、村上が初期作品を通じて探求する中心的な課題となる。デビュー作から十一か月後に刊行された第二作『1973年のピンボール』[14]（一九八〇年）には、在りし日の彼女と僕の対話が初めて記されている。

「おそろしく退屈な街よ。いったいどんな日的であれほど退屈な街ができたのか想像もつかないわ。」

「神は様々な形にその姿を現わされる。」僕はそう言ってみた。

直子は首を振って一人で笑った。成績表にずらりとAを並べた女子学生がよくやる笑い方だったが、それは奇妙に長い間僕の心に残った。まるで「不思議の国のアリス」に出てくるチェシャ猫のように、彼女が消えた後もその笑いだけが残っていた。

（『1973年のピンボール』九）

「三人目の相手」は、第二作で「直子」という固有名を与えられる。少なくとも名前が「書くことのできる領域」に入ったのだ。この会話を交わした翌年に亡くなった彼女は、その肉体を失ってもなお、「チェシャ猫のよう」に僕の記憶に留まり続け、その残像は、更に三年が経った一九七三年の五月に、僕を彼女の故郷に導いていくことになる。「プラットフォームを縦断する犬にどうしても会いたかった」（九）などと嘯《うそぶ》く僕は、実のところ、直子の魂を弔うために、彼女が眠る街を訪れるのだ。

『１９７３年のピンボール』で直子の「おそろしく退屈な」故郷に降り立った僕が、その時、密かに空想していたのは、彼女の最期の姿なのかもしれない。『風の歌を聴け』に即して言えば、「雑木林の中で」「風に吹かれて」いた「三人目の相手」の幻影である。

> 今にも錆びつきそうなもの哀しい二両編成の郊外電車を下りると、まず最初に懐かしい草の匂いが鼻をついた。ずっと昔のピクニックの匂いだ。五月の風はそのように時の彼方から吹き込んできた。顔を上げ耳を澄ませば、雲雀の声さえも聞こえる。
> 僕は長いあくびをしてから駅のベンチに腰を下ろし、うんざりした気持ちで煙草を一本吸った。朝早くアパートを出た時の新鮮な気持は今はもうすっかり消え去ってしまっていた。
> （『１９７３年のピンボール』一〇：傍線筆者）

電車を下りた僕は、即座に「時の彼方」から吹き寄せる「風」の「懐かしい草の匂い」を鼻腔に通す。それは、三年前の恋人の縊死を自らの身体で擬態する悲痛な試みなのかもしれない。僕がベンチに「腰を下ろし」たのは、その密やかな追悼行為を終えた後のことである。前作で、村上自身がハートフィールドを詣でたのも、季節は同じく「五月」。彼もまた「雲雀」の「舞い唄《フライト・ソング》」を聞きながら、埋葬されたハートフィールド本人と同じ横臥の姿勢をとっていたことを想起しておいてもよい。

この時、僕が駅で耳を澄ました「雲雀の声」は、直子の街をハートフィールドの墓地に結び付けるための重要な符牒であるのと同時に、〈風の歌〉の変奏として読まれるべき記号なのだろう。続いて描出される、僕の目から見た街の光景に、それが示唆されている。


生温かい風が光を揺らせる。まるで木々の間を群れとなって移ろう鳥のように、空気がゆっくりと流れる。風は線路に沿ったなだらかな緑の斜面を滑り、軌道を越え、木々の葉を震わせるでもなく林を抜ける。そして郭公の声が一筋、柔らかな光の中を横切って彼方の稜線に消えて行く。

（『1973年のピンボール』一六：傍線筆者）


「移ろう鳥」に喩えられた「風」は「緑の斜面」を超えて「林」に至り、続いて「郭公の声」が「彼方」の稜線に消えていく。一連の流れを考えれば、この時の「郭公の声」は、「移ろう鳥のよう」な「風」が、「林」の中で変化《へんげ》したものなのかもしれない。吹きわたる風は鳴き声をあげて飛ぶ鳥へと、その姿を自在に変えるのだろう――であれば、先ほど、駅構内で聞いた「雲雀の声」も……。

もしも、『1973年のピンボール』で直子の街を訪れた僕が「耳を澄ませ」た「雲雀の声」が〈風の歌〉の変奏だったのなら、『風の歌を聴け』でハートフィールドの墓地を訪れた村上が「聴き続けた」「雲雀の唄」もまた、〈風の歌〉が変化《へんげ》したものだと読めるのかもしれない。再度、『風の歌を聴け』の「あとがき」を引用する。

五月の柔らかな日ざしの下では、生も死も同じくらい安らかなように感じられた。僕は仰向けになって目を閉じ、何時間も雲雀の唄を聴き続けた。（二〇〇：傍線筆者）

ハートフィールド詣での様子を描いた右の文章は、本当はこう書きたかったのかもしれない——「僕は仰向けになって目を閉じ、何時間も〈風の歌〉を聴き続けた」のだと。

村上の初期作品の中で、「風の歌を聴け」という言葉に最も近いものが使用されているのは、第二作『1973年のピンボール』の終盤でのことである。遂に幻のピンボール——そこには直子の魂が宿っていた——と再会し、別れを告げた僕は、その感慨を最後にこう記している。

ピンボールの唸りは僕の生活からぴたりと消えた。そして行き場のない思いも消えた。もちろんそれで「アーサー王と円卓の騎士」のように「大団円」が来るわけではない。

> それはずっと先のことだ。馬が疲弊し、剣が折れ、鎧が錆びた時、僕はねこじゃらしが茂った草原に横になり、静かに風の音を聴こう。
>
> （『1973年のピンボール』一九九：傍線筆者）

「ピンボールの唸り」――それは死んだ直子からの止むことのない呼び声であった――を聞かなくなった僕は、自らの命も尽きんとする場面を仮想的に「大団円」として思い描く。そこで夢想されるのは、「雲雀の唄」ならぬ、「風の音を聴」くことなのだ。ハートフィールドの墓地での場面から表現を借りれば、「生も死も同じくらい安らか」な場所で、ということになるのかもしれない。空想の中で、僕は安らかな眠りについた彼女の姿を擬態すべく、「草原に横に」なる。その時に「聴こ」えてくる「風の音」は、おそらく穏やかで優しいものであるはずだ。

期せずして、処女作『風の歌を聴け』の題名となった〈風の歌を聴く〉というフレーズが意味するのは、「雑木林の中で」命を失い「風に吹かれ」た恋人に寄り添うこと――自らの身体を同期させ、彼女の想いに耳を傾けること――なのだろう。その行為は彼女への《鎮魂》の儀礼であったことが、第二作『1973年のピンボール』では、確かに仄《ほの》めかされている。主人公が実際に〈喪われた恋人〉を訪ねて〈風の歌を聴く〉のは、六年後に発表された『世界の終りとハードボイルド・ワンダーランド』（一九八五年）の中でのことである。[15] 僕が奏でる手風琴の「風」のような調べは、一角獣の頭骨に秘められた彼女の心を召換するのだ。

『風の歌を聴け』の「あとがき」において、作者が〈風の歌〉という文言の使用を控え、そこに「雲雀の唄」という《虚偽》のフレーズを代置したのだとすれば、その目的は読者を〈幻惑〉することにあったのだろう。結果として、『風の歌を聴け』という書籍タイトルは本文中に明確な指示対象を失い、ハートフィールドの《鎮魂》という重要なテーマが読者の注視を免れることになる。当然、その隣りで息を潜めている僕の〈喪われた恋人〉直子に、読者の過度な関心が及ぶことはない。彼女こそが本当に《鎮魂》されるべき存在であるにもかかわらず、である。

『ノルウェイの森』で〈風の歌を聴く〉

〈風の歌を聴く〉——その幻想的な《鎮魂》の儀式は、直子との関係をリアリズムで描き直した『ノルウェイの森』[16]（一九八七年）にまで引き継がれていくことになる。長大な物語の冒頭で、三十七歳になった僕はかつて彼女と共に歩いた草原の風景を思い出し、その場面を詳細に描き出している。

十八年という歳月が過ぎ去ってしまった今でも、僕はあの草原の風景をはっきりと思いだすことができる。……風は草原をわたり、彼女の髪をかすかに揺らせて雑木林に抜けていった。梢の葉がさらさらと音を立て、遠くの方で犬の鳴く声が聞こえた。まるで別の世界の入口から聞こえてくるような小さくかすんだ鳴き声だった。……まっ赤な鳥が二羽草原の中から何かに怯えたようにとびあがって雑木林の方に飛んでいくのを見かけただけだった。歩きながら直子は僕に井戸の話をしてくれた。

（『ノルウェイの森』上・七：傍線筆者）

草原を吹きわたる「風」は彼女の髪を揺らせ、「雑木林」に抜けていく。その時、耳にした「別の世界の入口から聞こえてくるような」「犬の鳴く声」は「風」が変化《へんげ》したものなのかもしれない。あるいは、「雑木林」の方に飛んでいく二羽の「まっ赤な鳥」も同じく。やがて、その林の中で命を絶つことになる直子は、小説に初めて登場する時には既に〈風の歌を聴く〉モチーフ群に彩られている。僕が十八年後に追想したのは、彼女の隣りで、共に雑木林を見つめ、共に風に吹かれていた瞬間の情景なのだ。

当時の僕が〈風の歌を聴く〉のは、草原を二人で歩いてから半年後のことである。飼い猫「かもめ」を膝に乗せて物思いに耽る僕は一人、夜桜を眺めながら、奇妙な幻想を紡ぎ出していく。

僕は縁側で「かもめ」を撫でながら柱にもたれて一日庭を眺めていた。まるで体中の力が抜けてしまったような気がした。午後が深まり、薄暮がやってきて、やがてほんのりと青い夜の闇が庭を包んだ。「かもめ」はもうどこかに姿を消してしまっていたが、僕はまだ桜の花を眺めていた。春の闇の中の桜の花は、まるで皮膚を裂いてはじけ出てきた爛れた肉のように僕には見えた。庭はそんな多くの肉の甘く重い腐臭に充ちていた。そして僕は直子の肉体を思った。直子の美しい肉体は闇の中に横たわり、その肌からは無数の植物の芽が吹き出し、その緑色の小さな芽はどこかから吹いてくる風に小さく震えて揺れていた。どうしてこんなに美しい肉体が病まなくてはならないのか、と僕は思った。何故彼らは直子をそっとしておいてはくれないのだ?

（『ノルウェイの森』下・一七六：傍線筆者）

柱にもたれて脱力する僕のもとから、鳥の名をもつ愛猫「かもめ」が「どこかに」去り、やがて僕は「どこかから吹いてくる風」に思いを馳せる。その「風」が震わせ、揺らしたのは、目の前の桜の木ではなく、横たわる直子の肌から芽吹いた「無数の植物の芽」だ。[17]

この時、僕の身体は、八月二十六日の夜更けに一人、暗い雑木林に赴《おもむ》くことになる四か月後の直子と、時空を超えて共振しているのだろう。

それと同時に、この場面は処女作『風の歌を聴け』から欠落したある想いを事後的に補填するものでもある。『ノルウェイの森』の僕は、この日、直子の心の病が悪化した旨を告げる手紙を受け取っていた。

> 四月四日の午後に一通の手紙が郵便受けに入っていた……僕ははさみできれいに封を切り、縁側に座ってそれを読んだ。最初からあまり良い内容のものではないだろうという予感はあったが、読んでみると果してそのとおりだった。
> （『ノルウェイの森』下・一七三：傍線筆者）

一九七〇年四月四日、それはまさに『風の歌を聴け』で、三人目の女の子の死を知らされた日のことである。その朝、６９２２本目の煙草を吸っていた僕の心に去来したのは、本当はこんな概嘆だったのかもしれない――「どうしてこんなに美しい肉体が病まなくてはならないのか」。『ノルウェイの森』の僕は、この日、直子の失われゆく美しい身体を想い、やり場のない憤りをこのように吐き出している。「三人目の相手」の死を知った僕の痛切な想いを、村上がようやく「書くことのできる領域」で捉えたのだろう。

「何故彼らは直子をそっとしておいてはくれないのだ？」――四月四日に『ノルウェイの森』の僕が発した声にならない叫びは、『風の歌を聴け』に記された感情が《虚偽》であることを示す貴重な証言となる。ミシュレの「魔女」を読んで、ほくそ笑んでいた僕のおぞましい姿は、やはり偽物なのだ。「象」に〈幻惑〉されてはならない。

処女作『風の歌を聴け』の第一章で、「正直」に語ることと「正確」に語ることの困難さについて述べていた僕は、その文章を次のように結んでいる。


それでも僕はこんな風にも考えている。うまくいけばずっと先に、何年か何十年か先に、救済された自分を発見することができるかもしれない、と。そしてその時、象は平原に還り僕はより美しい言葉で世界を語り始めるだろう。
（五）

「三人目の相手」を「正確」に描くことができなかった語り手は、時を経て、直子と名付けられたその女性への想いを「正直」に吐露することができるようになる。《虚偽》の「象」が平原に還り、書かれ得ぬ「象使い」について僕が「美しい言葉で」語り始めるのは、『ノルウェイの森』（一九八七年）の執筆時のことだったのだろう。[18] その作品が読者のもとに届けられるのは、デビュー作『風の歌を聴け』が発表されてから八年も後のことである。

1　村上春樹『風の歌を聴け』（講談社、一九七九年）。本書から引用する際は括弧内に頁数のみを記す。

2　当時、講談社の編集部にいた斎藤陽子によると、当初のタイトルは英語表記の「Happy Birthday and White Christmas」であったと言う。「講談社この1冊」（講談社公式ホームページ http://konoichi.kodansha.co.jp/1212/02.html）。のちの村上の証言とは食い違うが、どちらが真実なのかは分からない。

3　村上本人は読者とのメールのやり取りの中で、こう述べている。「それから『風の歌を聴け』は新人賞に応募したときはぜんぜん違うタイトルだったんですが、『群像』編集部にタイトルを変えてくれと言われて変更しました。カタカナが多すぎるというのがその理由だったと記憶しています。」『村上さんのところ　コンプリート版』（新潮社、二〇一五年）二〇一五年四月三日付のメール。

4　前注と同メール。

5　『風の歌を聴け』という小説本体を作中人物の鼠が執筆したのだとすれば、「Happy Birthday and White Christmas」という文言がカバーに印刷されていることの意味が理解できなくもない（それでもタイトルとなるのは奇妙だが）。『風の歌を聴け』鼠執筆説に言及しているのが以下の論。清水良典「作家『鼠』の死」『ユリイカ』（青土社、二〇〇〇年三月）九八頁。

6　「わたしが死んだときには」『サラダ好きのライオン　村上ラジオ3』（マガジンハウス、二〇一二年）一三七頁。

7　トルーマン・カポーティ『夜の樹』（新潮文庫、一九九四年）一一六頁。

8　カポーティが出典だとする村上の発言に疑義を呈している研究者に久居・くわがいる。久居らは、その意味を独自に探求すべく作中の「風」という語の使用を網羅的に拾っていく。久居つばき・くわ正人

『象が平原に還った日――キーワードで読む村上春樹』（新潮社、一九九一年）一二一―三二頁。資料への細やかな目配りと論述の巧みさを併せ持った本書は初期の村上研究を代表する研究書である。

9 『「そうだ、村上さんに聞いてみよう」と世間の人々が村上春樹にとりあえずぶっつける282の大疑問に果たして村上さんはちゃんと答えられるのか?』（朝日新聞社、二〇〇〇年）二二頁。

10 「村上春樹ロングインタヴュー」『小説新潮』臨時増刊夏号（新潮社、一九八五年）一四頁。

11 柘植光彦「作品構造から作家論へ」『村上春樹スタディーズ01』（若草書房、一九九九年）五七―五八頁。初出は『國文學　解釈と教材の研究』（學燈社、一九九〇年六月）。その後の村上の河合隼雄への接近などを考えると、「集合的無意識」の視点を導き入れたことは重要である。

12 タイトル「風の歌を聴け」が意味するものに関しては、前注で言及した柘植以外にも様々な見方が提示されている。「風」を虚無として読む黒古、「風の歌」を僕が語る十九日間の物語だと読む山根、五木寛之『風に吹かれて』との関連を指摘する上田らがいる。黒古一夫『村上春樹「喪失」の物語から「転換」の物語へ』（勉誠社、二〇〇七年）三六―三七頁。山根由美恵「村上春樹『風の歌を聴け』論――物語の構成と〈影〉の存在」『国文学攷』（広島大学国語国文学会、一九九九年）二九頁。上田穂積「〈引用〉をめぐる断層――村上春樹『風の歌を聴け』」『徳島文理大学比較文化研究所年報』（徳島文理大学比較文化研究所年報編集委員会、二〇一六年）四―九頁。

13 井上は、喪われた恋人を想起させる重要なモチーフとして「風」を捉え、短編「めくらやなぎと眠る女」と『ノルウェイの森』の冒頭に吹く風を挙げている。井上義夫『村上春樹と日本の「記憶」』（新潮社、一九九九年）二八―三八頁。

14　村上春樹『1973年のピンボール』（講談社、一九八〇年）。

15　『世界の終りとハードボイルド・ワンダーランド』（新潮社、一九八五年）では、〈風の歌を聴く〉ことが、明らかに〈死んだ恋人の心に耳を傾ける〉ことを意味している。「世界の終り」と呼ばれる世界で、主人公は図書館に勤める死んだ女の子の心を知りたいと思う。彼が手風琴で『ダニー・ボーイ』を演奏すると、一角獣の頭骨が光り始め、そこに収められた彼女の心を読み取ることに成功する。「風」が「心」の喩であることは、極めて論理的に説明されている。「手風琴は唄に結びついて、唄は私の母に結びついて、私の母は私の心の切れはしに結びついている」――こう述べた図書館の女の子は更に、手風琴を演奏する主人公に「その音は風のようなものなの？」と尋ね、僕の「風そのものさ」という返答を引き出す（三六章、五六四頁）。ここには明らかに〈風＝［手風琴の音＝唄＝母＝彼女の心］〉という図式が想定されている。

16　村上春樹『ノルウェイの森』（講談社、一九八七年）上下巻の別と共に頁数を表記する。

17　闇夜に風が植物を揺らすイメージは、F・スコット・フィッツジェラルド（F. Scott Fitzgerald）が『夜はやさし』（*Tender Is the Night*, 1934）に付したエピグラフにも由来しているのだろう。「既に私はお前と共にある。このやさしき夜に／だが光はここにない／あるのは唯、天上から吹き下ろす風と共にやって来るもののみ／それは緑が茂る暗闇と曲がりくねった苔むす道を通り過ぎてゆく」（Already with thee! tender is the night, / But here there is no light, / Save what from heaven is with the breezes blown / Through verdurous glooms and winding mossy ways.）フィッツジェラルドはこの四行をジョン・キーツ（John Keats）の「夜鶯に寄せる頌歌」（Ode to a Nightingale, 1819）から、その一部を省略する形で引用した。F. Scott Fitzgerald, *Tender Is the Night,*（London: Penguin, 1998）. 村上は『夜はやさし』の題名を『ノルウェイの森』の単行本版「あとがき」で言及するのみならず、その献辞を作品の冒頭に引用している。

18　村上は群像新人文学賞の受賞コメントとして「四十歳になれば少しはまともなものが書けるさ、と思い続けながら書いた。今でもそう思っている」と述べた。この発言を、三十年後にこう振り返っている。「三十八歳のときに『ノルウェイの森』を発表して『これがあのときに想定した、（ほぼ）十年目の一段落なのかな』とふと思ったことを記憶しています」。村上春樹『雑文集』（新潮社、二〇一一年）五六頁。

第一章　《虚偽》の詩学

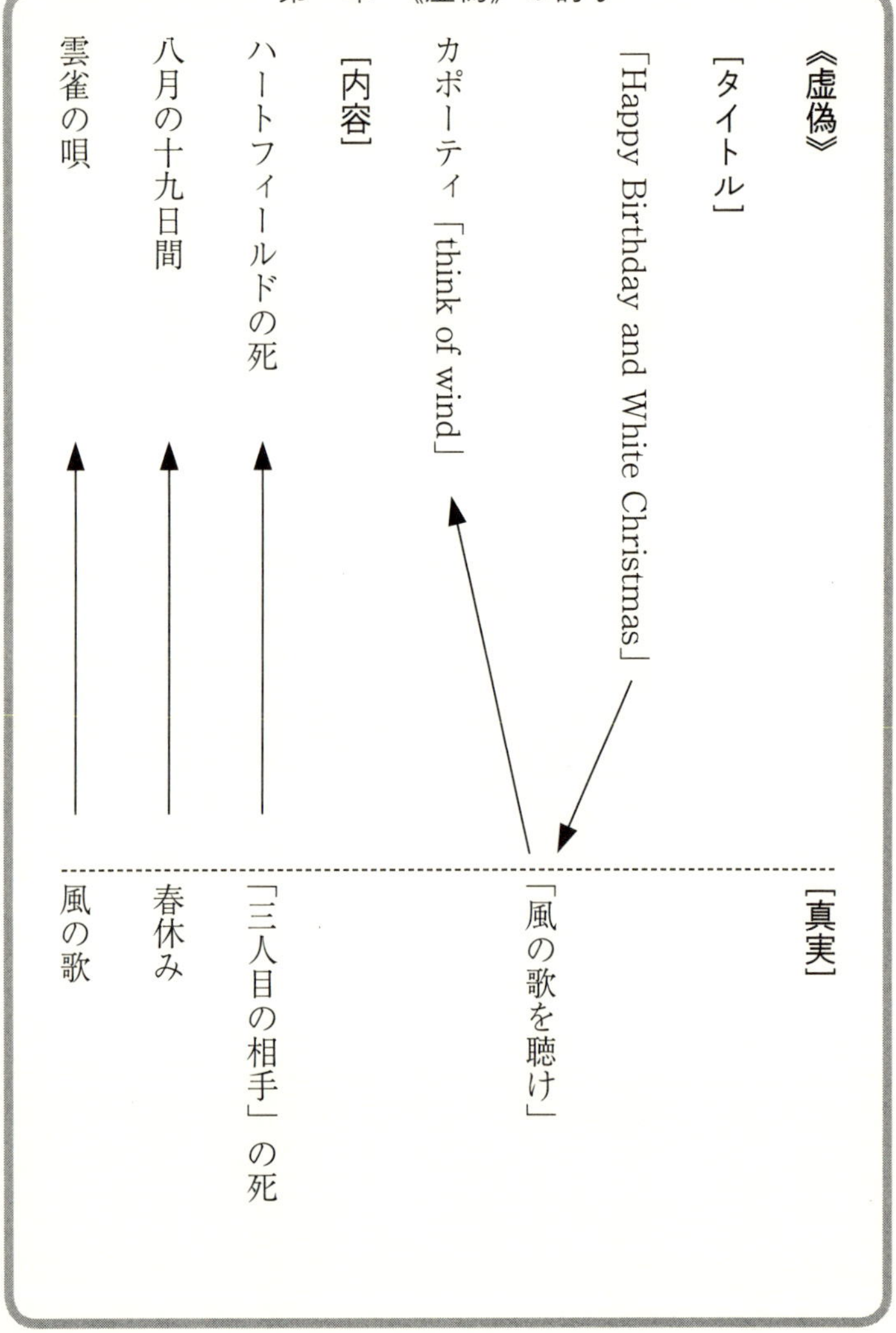

《虚偽》
[タイトル]
「Happy Birthday and White Christmas」
カポーティ「think of wind」
[内容]
ハートフィールドの死
八月の十九日間
雲雀の唄
[真実]
「風の歌を聴け」
「三人目の相手」の死
春休み
風の歌

第二章

『1973年のピンボール』と《連想》の詩学

双子のトレーナー、
配電盤のお葬式、
カントの『純粋理性批判』

ピンボール台

僕たちは店の奥にある薄暗いコーナーでピンボールを相手に時間を潰した。幾ばくかの小銭を代償に死んだ時間を提供してくれるただのガラクタだ。

――『風の歌を聴け』

小説『1973年のピンボール』[1]（一九八〇年）を理解するには、まずピンボールを理解せねばならない。

　これはピンボールについての小説である。（三〇）

語り手・僕がこう記したのは、「ピンボールの誕生について」と題した文章の中で、その歴史を詳述してみせた直後のことである。読者は、この言葉を一旦、文字通りに受け取るべきだろう。本作はピンボーラーによって書かれたピンボーラーのための小説なのだ。

『1973年のピンボール』が出版された後、村上はピンボール台「スペースシップ」（図1）[2]を入手し、自らが経営するバー「ピーター・キャット」の片隅に置いた。

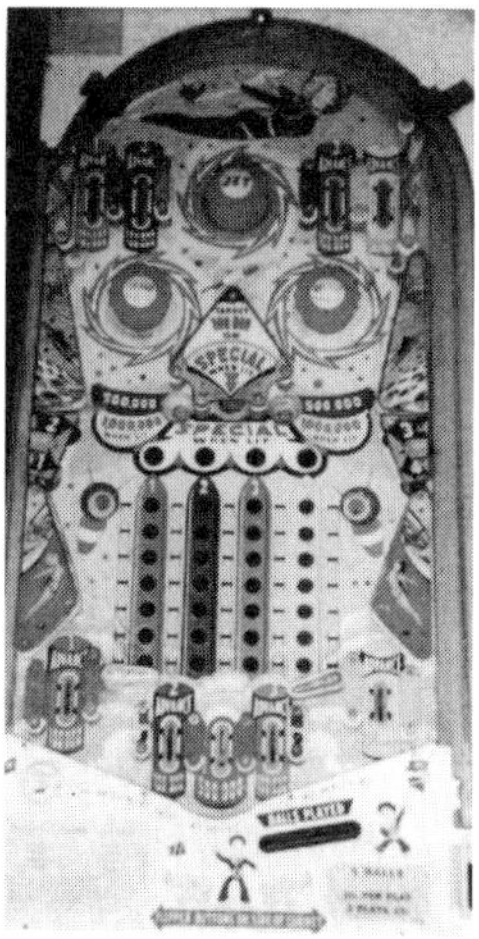
【図1】「スペースシップ」

　淡い闇の中でS・P・A・C・E、と順番に、ひとつまたひとつと青いランプが灯っていく。よっこらしょ、という感じで渾身の力をこめてフリッパーでボールをひっぱたき、弾きかえす。キックアウトのトライアングルの中を景気良くはねまわったボールが、ごろごろというリアリスティックな音を立ててゆっくりとフリッパーの方に下りてくる。それをフリッパーで受け、様々な愛の秘術を尽くしてトラップし、トランスファーし、また弾きかえす。それは非常に親密な作業であった。そこにはたしかにささやかな心の交流のようなものがあったと思う。
（「『スペースシップ』号の光と影[3]」）

ピンボール・プレイの描写として、これ以上「リアリスティック」なものはない。しかし、そのリアリティーが理解できるかどうか――フィールドを駆けるボールの軌道が目に浮かび、プレイヤーの鼓動が感じられるかどうか――は、偏《ひとえ》に読み手のピンボール体験にかかっている。

『1973年のピンボール』を読む際に必要なのは、ピンボールをプレイする時の身体感覚である。ピンボールが街のゲーム・センターから姿を消しつつある現在、多くの読者がピンボールに触ったことがないか、あるいは、あったとしてもその記憶が薄れてしまっているだろう。最後のピンボール台が博物館のガラス・ケースに収蔵される前に、是非、その手でプレイし、然《しか》る後に、この驚くべき精巧さで構築された物語を再読されたい。その時に初めて、村上がピンボール・プレイヤーだけに送った「親密な」メッセージを受け取ることができるだろう。

本論に入る前にピンボール台の基本用語を確認しておく。図2〜4[4]の各部の名称に付した番号①〜⑩は、本文中の［①］〜［⑩］と対応している。

① フィールド
ガラスに覆われたゲームの盤面。

② プランジャー
手前に引いてボールを弾き出す装置。

③ 硬貨投入口

④ フリッパーボタン
押すとフリッパーが動く。左右に二つ。

【図2】 ピンボール台

⑤ ホール
ボールが落ちる、あるいは収まる穴。

⑥ バンパー
ボールが触れると弾き飛ばす円筒形の装置。

⑦ プランジャー・レーン
プランジャーに弾かれたボールの通り道。

⑧ フリッパー
プレーヤーが操作してボールを弾く装置。

⑨ アウト・ホール
ここに落ちると1ボール終了。

【図3】 フィールド

⑩ ランプ・レーン
ボールを異なる階層に導く通り道。

【図4】 ランプ・レーン

《連想》フリッパーから双子へ

「見知らぬ土地の話を聞くのが病的に好きだった。」——小説『1973年のピンボール』冒頭で、このように語り出した主人公・僕は、故郷の話をする友人たちの様子を次のように描写する。

> 彼らはまるで枯れた井戸に石でも放り込むように僕に向って実に様々な話を語り、そして語り終えると一様に満足して帰っていった。 （三：傍線筆者）

ここに用いられた「まるで枯れた井戸に石でも放り込むように」という新奇な表現が、村上の卓越した比喩能力に由来していることは間違いない[5]。だが、本書の読者としては、その比喩が生成される際のルールを知っておく必要があるだろう。主人公・僕の《連想》は、〈ピンボール幻想〉に基づく、というルールだ。「まるで枯れた井戸に石でも放り込むように」というのは、同時に、ピンボール・プレイヤーが最初に行う行為、すなわち、コインを硬貨投入口［③］に入れる動作の比喩なのだ。「満足」——実は、この言葉はピンボールに関連する《連想》が成功したことを示す密かなキーワードでもある。

たとえば、この続きで、友人たちの地元語りに耳に傾ける行為を僕はこう表現する。

僕はそういった猿たちを一匹ずつ箱から取り出しては丁寧にほこりを払い、尻をパンと叩いて草原に放してやった。（四）

「一匹ずつ箱から取り出して」「尻をパンと叩いて」——両者がピンボール・プレイヤーの次なる動作から《連想》されていることは言うまでもない。それを直感的に理解できることが本書の読者となる為の要件なのだ。

『１９７３年のピンボール』の小説世界は、主人公・僕の〈ピンボール幻想〉で満ちている。

目を覚ました時、両脇に双子の女の子がいた。今までに何度も経験したことではあったが、両脇に双子の女の子というのはさすがに初めてだった。二人は僕の両肩に鼻先をつけて気持良さそうに寝入っていた。よく晴れた日曜日の朝であった。（一一—一二）

僕のアパートに現れた双子の女の子は、ピンボール台を構成する重要なパーツの化身である――そう指摘したのが斎藤美奈子だ。

ふた子の女の子が二枚のフリッパー。「僕」がボール。そのように見立てて物語を台と見なすと、ボールがガチャンガチャンとぶつかりながら得点が加算されていくあのゲームに、この小説の構造はよく似ている。（「『村上春樹論』クエスト」[6]）

これ以上の詳細を斎藤は検討してはいないが、双子を左右のフリッパー［⑧］として解釈する読み筋は（僕をボール、物語を台、と見なすことには議論の余地があるものの）、やはり決定的である。本章では、斎藤の〈双子＝フリッパー説〉を起点にして、小説『１９７３年のピンボール』とピンボール・ゲームの関わりを全面的に検証していくことになる。

ピンボーラーであった村上が、双子の女の子を一対のフリッパーの比喩として《連想》したことは確かだろう。本書に登場する双子は、外見も全く同じで、「ある種の刺激に対する反応の具合も同じ」（三三）であり、当然、個別の名前も持っていない。

「もしどうしても名前が欲しいのなら、適当につけてくれればいいわ。」ともう一人が提案した。

「あなたの好きなように呼べばいい。」

彼女たちはいつも交互にしゃべった。まるでＦＭ放送のステレオ・チェックみたいに。

おかげで頭は余計に痛んだ。

「例えば？」と僕は訊ねてみた。

「右と左。」と一人が言った。

「縦と横。」ともう一人が言った。

「上と下。」

「表と裏。」

「東と西。」

「入口と出口。」僕は負けないように辛うじてそう付け加えた。二人は顔を見合わせて満足そうに笑った。　（一三：傍線筆者）

なぜか双子は最終的に「満足そうに」笑う。その理由は、僕が最後に口にした「入口と出口」が、彼女たちもその一部をなすピンボール台の属性だからなのだろう。「入口」であるプランジャー・レーン〔⑦〕からフィールド〔①〕内に弾き出されたボールは、二枚のフリッパー〔⑧〕で幾度、弾かれようとも、最終的にはその間をすり抜けて、「出口」となるアウト・ホール［⑨］からキャビネットの下層に落ちていく。このようなピンボール台の基本構造が分かれば、僕と双子が近所のゴルフ場に出かけて行っては「ロスト・ボールを捜し」（四二）ている理由も明らかだろう。「ロスト・ボール」が再び「入口」であるプランジャー・レーンに現れた瞬間に、ピンボール・ゲームは再開されるからだ。

　双子のフリッパー性は、彼女たちの身体を離れ、その衣服にも及ぶ。胸の部分に「製造《シリアル》・番号《ナンバー》みたい」（三九）な数字がプリントされたトレーナーはフリッパーとしての機能を十分に果たしている。

　僕が仕事から戻ってくると、南向きの窓に208、209という番号のついたトレーナー・シャツがはためいているのによく出会った。そんな折には涙さえ出たものだ。

（四二）

「はためいている」「トレーナー・シャツ」は、当然、パタパタと動くフリッパーであり、「窓」は盤を覆うフィールド・グラスなのだ。このように、僕の〈ピンボール幻想〉の中では、アパートの部屋全体が、その周辺地域までを含んで、ピンボール台と化しているのだろう。

小説『1973年のピンボール』は一冊丸ごと、僕が繰り出すピンボール関連の《連想》で埋め尽くされている。ピンボール台のパーツが人格化した双子の女の子は、その特異な例であるのと同時に、僕の広範に及ぶ〈ピンボール幻想〉のほんの一部をなす機構に過ぎない。

《連想》球《ボール》から犬へ

なぜ僕は〈ピンボール幻想〉などといったものに捕らわれていったのだろうか。その起源を求めて時系列を遡《さかのぼ》ると、まずは三年前の一九七〇年に行き着く。この冬、僕は「ピンボールの呪術の世界」(一二三)にはまりこむ。かつて地元のジェイズ・バーでプレイしたピンボール台「スペースシップ」を新宿のゲーム・センターで見つけたのだ。ある出来事に対して罪責感を抱き続ける僕に、「スペースシップ」は優しく語りかけてくる(傍線は原文のまま)。

あなたのせいじゃない、と彼女は言った。そして何度も首を振った。あなたは悪くなんかないのよ、精いっぱいやったじゃない。

違う、と僕は言う。左のフリッパー、タップ・トランスファー、九番ターゲット。違うんだ。僕は何ひとつ出来なかった。指一本動かせなかった。でも、やろうと思えばできたんだ。

人にできることはとても限られたことなのよ、と彼女は言う。

そうかもしれない、と僕は言う。でも何ひとつ終っちゃいない、いつまでもきっと同じなんだ。リターン・レーン、トラップ、キック・アウト・ホール、リバウンド、ハギング、六番ターゲット……ボーナス・ライト。121150、終わったのよ、何もかも、と彼女は言う。（一三六）

この時、ピンボールをプレイする僕が仮想的に言葉を交わしているのは、おそらく、春休みに命を絶ったばかりの〈喪われた恋人〉直子なのだろう。

なぜ直子はピンボール台に姿を変えて僕の前に現れることになったのか。更に遡《さかのぼ》ること一年、一九六九年の春のこと、新学期を迎えたキャンパスで、彼女は僕に生まれ故郷の街について語っていた。

「おそろしく退屈な街よ。いったいどんな目的であれほど退屈な街ができたのか想像もつかないわ。」

「神は様々な形にその姿を現わされる。」僕はそう言ってみた。

直子は首を振って一人で笑った。成績表にずらりとAを並べた女子学生がよくやる笑い方だったが、それは奇妙に長い間僕の心に残った。まるで「不思議の国のアリス」に出てくるチェシャ猫のように、彼女が消えた後もその笑いだけが残っていた。（九）

「神は様々な形にその姿を現わされる」――この言葉に誘われた直子の「チェシャ猫のよう」な笑顔を僕は忘れることができない。その記憶が、僕が新宿のゲーム・センターで体験した〈ピンボール幻想〉の根本にあるのだろう。直子を失った僕は、彼女が再び自分の前に「その姿を現」すのを切望するあまり、ピンボール台「スペースシップ」に彼女の姿を見出してしまったのだ。

だが、なぜ僕が直子の幻影を見たのが、他でもなく、ピンボール台に対峙した時だったのか、という疑問は残る。両者を結びつけた契機は、あるいは、こういうことだったのかもしれない。直子の故郷の話を聞きながら、僕は密かにピンボール台を《連想》していたのだ。


「プラットフォームの端から端まで犬がいつも散歩してるのよ。そんな駅。わかるでしよ？」

僕は肯いた。

「駅を出ると小さなロータリーがあって、バスの停留所があるの。そして店が何軒か。……寝呆けたような店よ。そこをまっすぐに行くと公園にぶつかるわ。公園にはすべり台がひとつとブランコが三台。」

「砂場は？」

「砂場？」彼女はゆっくりと考えてから確認するように肯いた。「あるわ。」

（八―九：傍線筆者）


ここで僕は、駅をプランジャー・レーン［⑦］に、すべり台をランプ・レーン［⑩］に、ブランコをバンパー［⑥］に、そして砂場をホール［⑤］に見立てていたのだ――そのような解釈は空想的に過ぎるのかもしれない。あるいは、一頁以上にわたって詳述される直子の街の井戸（一七―一八）に、ピンボールの硬貨投入口［③］を読み込むことも、同じく。仮に僕がこう付け加えていることを考慮に入れたとしても――「僕は井戸が好きだ。井戸を見るたびに石を放り込んでみる」（一九）。

僕が直子の街の様子にピンボール台を幻視していたことは、その後の言動を考えれば、やはり、否定しようがないのだろう。この会話から四年の後、一九七三年の五月に僕が直子の街を訪れた時のことである。来訪の目的は「プラットフォームを縦断する犬にどうしても会いたかった」（九）からだとされるのだが、僕の胸の内には語られぬ真相が――直子の眠る街を密かに巡礼するという目的の他に――秘められているはずだ。

> 「入れよ。」と僕は後に下がって犬を呼んだ。犬はためらうように後を振り向き、よくわからぬままに尻尾を振り続けた。
> 「中に入れよ。待ちくたびれたんだ。」
> 僕はポケットからチューインガムを取り出し、包装紙を取って犬に見せた。犬はしばらくガムをじっと眺めてから、決心して柵をくぐった。僕は犬の頭を何度か撫でてから手のひらでガムを丸め、プラットフォームの端に向って思い切り放り投げた。犬は一直線に走った。
> 僕は満足して家に帰った。
> （二四：傍線筆者）

「犬」を「プラットフォームの脇」から入れ、「一直線に」走らせた時、僕の想像力の中では、ピンボール球がプランジャー・レーン［⑦］に入れられ、力いっぱい弾き出されているのだろう。直子の街で、ピンボールを仮想的にプレイした僕は「満足して」家に帰るのだ。

しかし、その「満足」は、僕の〈ピンボール幻想〉を一時的に満たすだけのものに過ぎない。ピンボール台が永遠のリプレイを要求するように、失われた直子を追い求める僕の衝動も、決して止むことはない。

帰りの電車の中で何度も自分に言いきかせた。全ては終っちまったんだ、もう忘れろ、と。そのためにここまで来たんじゃないか、と。でも忘れることなんてできなかった。直子を愛していたことも。そして彼女がもう死んでしまったことも。結局のところ何ひとつ終ってはいなかったからだ。（二四―二五）

「でも忘れることなんてできなかった」――僕は直子への絶ち切れない想いを抱えながら、双子の待つアパートに戻る。

一九七〇年の冬、新宿の「スペースシップ」に直子の姿を見出した僕は、一九七三年の五月に、彼女の街で犬を走らせ、仮想的ピンボールを行う。それを皮切りに、僕の世界は再び〈ピンボール幻想〉に浸食されていくことになる。本格的な「１９７３年のピンボール」が始まるのだ。[7]

《連想》喪われた直子から旧い配電盤へ

ある日、〈ピンボール幻想〉の拠点たる、僕と双子のアパートに転機が訪れる。そのきっかけは、配電盤の交換人の訪問である。「旧式で構わないよ。」（五二）――僕は決して交換に賛成ではないものの、結局、配電盤は取り替えられる。作業員が帰ると、双子は彼が忘れていった旧い配電盤で遊び出し、その傍らで僕は仕事を始める。

> 僕は二人には取りあわず、午後の間ずっと持ち帰りの翻訳の仕事を続けた。……調子は悪くなかったが三時をこえたあたりから電池が切れかけたようにペースが落ちはじめ、四時には全てが死に絶えた。もう一行も進まなかった。
> 僕はあきらめて机に敷いたガラス板の上に両肘をつき、天井に向けて煙草をふかした。
> （五九：傍線筆者）

「電池」「ガラス板」――ピンボール・プレイに擬せられた僕の翻訳仕事は徐々に停滞し始める。その理由をなぜか双子は、配電盤を取り替えたせいだと断言する。

「上手く行かないの?」と209が訊ねた。

「らしいね。」と僕は言った。

「弱ってるのよ。」208。

「何が?」

「配電盤よ。」

（五九―六〇）


〈ピンボール幻想〉の中で配電盤が果たす役割に意識的な双子と、その意味をつかみ損ねている僕。「押入れの奥よ。板をはがすの」（五六）――設置場所を知っていたのも彼女たちだったように、双子は配電盤に詳しい。その在《あ》り処《か》からして、配電盤は、ピンボール台のフィールド下部にある電気系統なのだろう（図5）[8]。だとすれば、双子が詳しいはずである。フリッパーは、プレイヤーがボタンを押した時に流れる電流で動いているからだ。一方、調子が出ない僕は、「日曜だからロスト・ボールも多いかもしれない」（六〇）という予測のもとに、双子とゴルフ場に散歩に行くが、ボールはひとつも見つからない。新しい配電盤では〈ピンボール幻想〉がうまく機能しないことに、僕はまだ気づいていない。

配電盤が交換されて以降、双子の行動は少しずつ僕の理解を超えるようになっていく。彼女たちは新しい配電盤のもと、新しい行動原理で動き始めるのだ。ある日、会社から帰

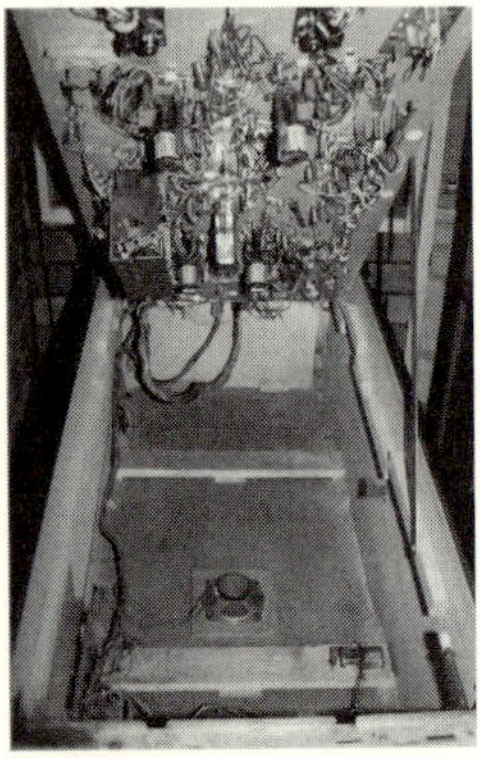
【図5】　フィールド下部の電気系統

宅した僕に、双子はビートルズの「ラバー・ソウル」[9]を聴かせる。「こんなレコード買った覚えないぜ」。僕は驚き、双子は謝る。「残念ね。喜んでくれると思ったの」「ごめんなさい」（九二）。また別の日、僕が帰宅すると、双子が家にいない。ゴルフ場に遊びに行くという書き置きを見つけた僕は、家を飛び出し「露天のエスカレーター」（ランプ・レーン［⑩］）のところで双子を発見する。「砂場に何か残しちゃいけない」。「バンカー」（ホール［⑤］）にゴミを捨てたことを僕は諫《いさ》め、二人は謝る。「ごめんなさい」（九六―九九）。

配電盤とは一体、何なのだろうか。その夜、僕は旧い配電盤が「死にかけている」（一〇〇）ことを気に病み、双子に相談を持ちかける。

> 僕はため息をついた。「死なせたくない。」
> 「気持はわかるわ。」と一人が言った。「でもきっと、あなたには荷が重すぎたのよ。」
> それはまるで今年の冬は雪が少ないからスキーはあきらめなさい、とでも言う時のような実にあっさりとした言い方だった。（一〇一）

すぐに新しい配電盤に順応したフリッパーたる双子には、旧い配電盤が僕にとってどれほど重要なものであるのか、その切実な想いを理解することができない。取り外された旧い配電盤——それは、僕がその心の奥底に抱え込んできた掛け替えのない存在、つまり、〈喪われた恋人〉直子だったのだろう。[10]

そんな僕を見かねた双子は、想いを断ち切らせるためか、配電盤の「お葬式」をすることを要求する。次の日曜、降りしきる雨の中、三人は車で「貯水池」に向かった。「さあ、そろそろ済ませなきゃね」（一一四）——双子のひとりに促された僕は貯水池の水際に立つ。紙袋から旧い配電盤を出した双子は、葬送に際して「お祈りの文句」を唱えるよう僕に求める。

> 僕は頭から爪先までぐっしょり雨に濡れながら適当な文句を捜した。双子は心配そうに僕と配電盤を交互に眺めた。
> 「哲学の義務は、」と僕はカントを引用した。「誤解によって生じた幻想を除去することにある。……配電盤よ貯水池の底に安らかに眠れ。」
> 「投げて。」
> 「ん？」
> 「配電盤よ。」
> 僕は右腕を思い切りバック・スイングさせてから、配電盤を四十五度の角度で力いっ

ぱい放り投げた。配電盤は雨の中を見事な弧を描いて飛び、水面を打った。そして波紋がゆっくりと広がり、僕たちの足もとにまでやってきた。

「素晴らしいお祈りだったわ。」

「あなたが作ったの？」

「もちろん。」と僕は言った。

（一一五―一一六：傍線筆者）


僕は「お祈り」の言葉として愛読するカントの『純粋理性批判』序文を引く。[11]「誤解によって生じた幻想を除去する」とは、旧い配電盤に直子を見てしまうような僕の「誤解」と、それに基づく「幻想」を放棄することに他ならない。双子はこれを「素晴らしいお祈り」だと褒める。

だが、カントの「お祈り」をもってしても、僕の〈ピンボール幻想〉は「除去」されはしない。皮肉なことに、フリッパーの化身たる双子が主導して執り行った「お葬式」自体が、ピンボール・ゲームの様相を呈しているのだ。「右腕を思い切りバック・スイング」して配電盤を「貯水池」に投げ込んだ時、仮想的なピンボール球が、フル・プランジャー・ショット[12]で打ち出され、放物線を描きながら、アウトホール［⑨］に消えていき……、ゲーム終了。

――そして、リプレイ・ランプ点灯。この日、執り行われた《鎮魂》の儀式は、むしろ、僕を失われた「スペースシップ」探索に駆り立ててゆく。ピンボール台として顕現する〈喪われた恋人〉に再会すること、それが僕に残された希望だ。

《連想》直子からスペースシップへ

僕が幻のピンボール台「スペースシップ」の探索を始めるのは、配電盤の「お葬式」から数週間後のこと。ゴルフ場で双子と夕焼けを眺めていた僕は、突然、ピンボール台に心を奪われる。

> その秋の日曜日の夕暮時に僕の心を捉えたのは実にピンボールだった。僕は双子と一緒にゴルフ・コースの八番ホールのグリーンの上で夕焼けを眺めていた。八番ホールはパー5のロングホールで障害物も坂もない。小学校の廊下みたいなフェアウェイがまっすぐに続いているだけだった。七番ホールでは近所に住む学生がフルートの練習をしていた。心が痛くなるような二オクターヴの音階練習をバックに夕陽が丘陵に半分ばかり身を埋めようとしていた。何故そんな瞬間にピンボール台が僕の心を捉えたのか、僕にはわからない。
>
> （一二六：傍線筆者）

「何故そんな瞬間にピンボール台が僕の心を捉えたのか」——その答えのヒントはこの文中に隠されているのだろう。もちろん、ゴルフという競技がピンボールを《連想》させたことは間違いない（図６）。ホールに落とすことを目的とするか忌避するかの違いはあれ、どちらも球《ボール》を打つゲームである。

【図６】　国際基督教大学の旧・ゴルフ場（現・野川公園）

しかし、それだけでは、なぜ僕の心をピンボール台が捉えたのが「その秋の日曜日の夕暮時」であったのかの説明はつかない。おそらく重要なのは、その「瞬間」、僕は「丘陵」に沈む夕日を見ていたということだ。「丘陵」は、たとえば、次のような場面でも言及されている。

秋は一日ごとに深まりを見せ、ゴルフ場を囲む雑木林は地面に乾いた葉を積もらせていった。なだらかな郊外の丘陵のあちこちでそういった落葉を焚く細い煙が、魔法の縄のようにまっすぐに空に立ちのぼるのがアパートの窓から見えた。　（一五四：傍線筆者）

この描写から分かることは、ゴルフ場は「雑木林」に囲まれていること、そして、その雑木林も含め、「丘陵」もまた落葉が堆積するような林であるということだ。つまり、僕の心をピンボールが捉えた「瞬間」、僕はゴルフ場から林を見ていたことになる。そして「まっすぐに」「立ちのぼる」「魔法の縄」……。

処女作『風の歌を聴け』[13]に「三人目の相手」として登場した直子の最期は、こんな風に描写されていた。そこにはもう一つの球《ボール》を打つ競技名が密かに書き込まれている。

> 三人目の相手は大学の図書館で知り合った仏文科の女子学生だったが、彼女は翌年の春休みにテニス・コートの脇にあるみすぼらしい雑木林の中で首を吊って死んだ。彼女の死体は新学期が始まるまで誰にも気づかれず、まるまる二週間風に吹かれてぶら下がっていた。今では日が暮れると誰もその林には近づかない。
>
> （『風の歌を聴け』九四：傍線筆者）

彼女が亡くなったのは「テニス・コートの脇にある」「雑木林」の中でのことだ。『1973年のピンボール』で、「ゴルフ・コース」から木々に覆われた「丘陵」を見渡した僕は、その光景を心ひそかに《連想》したのではないだろうか。

こうして僕のピンボール探索は始まる。かつて「スペースシップ」が置いてあった新宿のゲーム・センターに足を運び、ピンボール・マニアのスペイン語講師と知り合った僕は、彼と二人、あるピンボール収集家の倉庫に向かう。

> 僕とスペイン語の講師はもう一言もしゃべらず、ただかわりばんこに煙草を吸いつづけた。……僕は無意識に指先で膝をパタパタと叩き続けた。そして時折タクシーのドアを押しあけて逃げ出してしまいたい衝動に駆られた。
> 配電盤、砂場、貯水池、ゴルフ・コース、セーターの綻び、そしてピンボール……どこまで行けばいいのだろうと思う。脈絡のないバラバラのカードを抱えたまま僕は途方に暮れていた。たまらなく部屋に帰りたかった。一刻も早く風呂に入り、ビールを飲み、煙草とカントを持って暖かいベッドに潜り込みたかった。（一七二：傍線筆者）

「配電盤」（電気系統）、「砂場」[14]（ホール［⑤］）、「貯水池」（アウト・ホール［⑨］）、「ゴルフ・コース」（フィールド［①］）、「セーターの綻び」（フリッパー・リンクの故障[15]）。さまざまな〈ピンボール幻想〉を、「カント」の力で除去したいと願いながらも、探索を中止することはできない。養鶏場の冷凍倉庫として建てられた「象の墓場」のような倉庫に辿りついた僕は、そこで遂に七十八台のピンボール・マシーンと対面する。

僕の〈ピンボール幻想〉の中で双子が〈ピンボール台人間〉だったように、倉庫に並んだピンボール・マシーンは〈人間ピンボール台〉と化していく。

> スーパー・ヒーロー、怪獣、カレッジ・ガール、フットボール、ロケット、そして女……、どれもが暗いゲーム・センターの中で色あせ朽ち果てていったありきたりの夢だった。様々なヒーローや女たちが、ボードの上から僕に微笑みかけていた。ブロンド、プラチナ・ブロンド、ブルネット、赤毛、黒髪のメキシコ娘、ポニー・テイル、腰までの髪のハワイ娘、アン・マーグレット、オードリイ・ヘップバーン、マリリン・モンロー……、誰もが素晴しい乳房を誇らし気に突き出していた。
> （一八二―一八三）

バック・ボックスに描かれた女性キャラクターたちが現実の命を宿していき、そして、いよいよ「彼女」が「スペースシップ」として姿を現す。

> 3《スリー》フリッパーのスペースシップは列のずっと後方で僕を待っていた。彼女は派手なメーキャップの仲間たちにはさまれて、ひどくもの静かに見えた。森の奥で平たい石に座

って僕を待っていたようだった。　（一八三）

性別を付与され「彼女」と呼ばれた「スペースシップ」は「森の奥」で僕を待っているようだとされる。そこには、「雑木林」の中の三人目の女の子の影が見て取れるだろう。多くの議論がその前提として共有してきたように、[16] このピンボール台こそが、ようやく僕の目の前に現れた〈喪われた恋人〉直子なのだ。

やあ、と僕は言った。……いや、言わなかったのかもしれない。とにかく僕は彼女のフィールドのガラス板に手を載せた。ガラスは氷のように冷ややかであり、僕の手の温もりは白くくもった十本の指のあとをそこに残した。彼女はやっと目覚めたように僕に微笑む。懐しい微笑だった。僕も微笑む。

ずいぶん長く会わなかったような気がするわ、と彼女が言う。僕は考えるふりをして指を折ってみる。三年ってとこだな。あっという間だよ。　（一八四）

《連想》ゲーム・ティルトからくしゃみへ

「スペースシップ」探索から僕が帰還すると、いよいよ小説『１９７３年のピンボール』

は終結に向かって動き始める。そのきっかけとなるのは、こんな事件である。

ある日双子はスーパー・マーケットで一箱の綿棒を買った。その箱には三百本の綿棒がつめこまれていた。僕が風呂から上がるたびに双子は僕の両脇に座って両側の耳を同時に掃除した。二人は確かに耳の掃除が上手かった。僕は目を閉じてビールを飲みながら、二本の綿棒が立てるコソコソという音を耳の中に聞きつづけた。ところがある夜、僕は耳掃除の最中にくしゃみをした。そしてその瞬間に両方の耳が殆んど聞こえなくなってしまった。

（二〇〇：傍線筆者）

両側から耳掃除をする双子の「綿棒」は、パタパタと動く左右のフリッパーであることは明らかである。では、僕の「くしゃみ」は何を意味するのか。――おそらく、それはゲーム・ティルトから《連想》されたのだろう。ピンボール台にはティルトという機構が備わっている。プレイヤーがボールの動きを変えるために台そのものに衝撃を与えたり、傾けたりする行為を感知する部位である。これに関しては、本作の序章に収められた「ピンボールの誕生について」という文章の中にも、「強い揺さぶりに対しては反則《ティルト》ランプが」（三〇）点灯するという言及がある。ちなみに、その文章は次の言葉で締めくくられている。

ピンボールの目的は自己表現にあるのではなく、自己変革にある。エゴの拡大にではなく、縮小にある。分析にではなく、包括にある。
もしあなたが自己表現やエゴの拡大や分析を目指せば、あなたは反則ランプによって容赦なき報復を受けるだろう。
良きゲーム《ハヴ・ア・ナイス・ゲーム》を祈る。（三二）

僕は自らの〈ピンボール幻想〉の中で意図せずして反則を犯したのだ。あとは「容赦なき報復」、すなわち、ゲーム終了を待つのみである。〈ピンボール幻想〉が消滅する際には、必然的に、その主要なパーツである双子も抹消されねばならない。救急病院[17]からの帰り道に僕が抱く感慨は、彼女たちとの別れが近いことを暗示している。

僕たちは十五分も遠まわりしてゴルフ場を横切ってアパートに帰った。十一番ホールのドッグ・レッグは耳の穴を思い出させ、フラッグは綿棒を思い出させた。もっとある。月にかかった雲はＢ52の編隊を連想させたし、こんもりと繁った西の林は魚の形をした文鎮を連想させたし、空の星はかびがはえたパセリの粉を連想させたし……、もうよそう。とにかく耳はすばらしく鋭敏に世界中の物音を聞き分けていた。まるで世界が一枚のヴェールを脱ぎ捨てたように感じられた。何キロも遠くで夜の鳥が鳴き、何キロも遠くで人々は窓を閉め、何キロも遠くで人々は愛を語っていた。
「よかったわね。」と一人が言った。
「本当によかった。」ともう一人が言った。

（二〇四：傍線筆者）

僕はいくつもの「連想」をした上で、「もうよそう」と思う。比喩を介した世界認識を放棄し、世界そのものを直接、感じ取ろうとする。そこには、フリッパーを「連想」させる双子が存在する余地はない。

　突き抜けるような青い空の日曜日、双子は僕のもとから去ることになる。作品の最終場面を見てみよう。「しりとり」をする三人の幸せそうな光景にも、間もなく終りの時がやって来る。

僕たちはゴルフ場の金網を乗り越えて林を抜け、バス停のベンチに座ってバスを待った。日曜日の朝の停留所はすばらしく静かで、おだやかな日ざしに満ちていた。僕たちはその光の中でしりとりのつづきをした。五分ばかりでバスが来ると僕は二人にバスの料金を与えた。

「またどこかで会おう。」と僕は言った。

「またどこかで。」と一人が言った。

「またどこかでね。」ともう一人が言った。

それはまるでこだまのように僕の心でしばらくのあいだ響いていた。

バスのドアがパタンと閉まり、双子が窓から手を振った。何もかもが繰り返される……。僕は一人同じ道を戻り、秋の光が溢れる部屋の中で双子の残していった「ラバー・ソウル」を聴き、コーヒーを立てた。そして一日、窓の外を通り過ぎていく十一月の日曜日を眺めた。何もかもがすきとおってしまいそうなほどの十一月の静かな日曜日だった。


（二〇七：傍線筆者）

「何もかもが繰り返される……」――ここで一体、何が「繰り返され」ているのだろうか。「料金」を受け取り、バスに乗り込んだ双子が「窓」の向こうで手を振る。もちろん、〈ピンボール幻想〉が「繰り返され」ているのだ。[18] 僕が最後に見てしまったのは、コイン投入後に、フィールド・グラスの向こうでパタパタと動き出す一対のフリッパーだったのだろう。

「ピンボールの誕生について」の中には、こんな文章がある。

しかしピンボール・マシーンはあなたを何処にも連れて行きはしない。リプレイ（再試合）のランプを灯すだけだ。リプレイ、リプレイ、リプレイ……、まるでピンボール・ゲームそのものがある永劫性を目指しているようにさえ思える。
永劫性について我々は多くを知らぬ。しかしその影を推し測ることはできる。（三一）

僕の〈ピンボール幻想〉には果たして終わりがあるのだろうか。[19] それは、こんな問いに置き換えられる——僕は直子への思いを断ち切ることができるのだろうか。その答えが否定的なものだろうという漠たる予感を残して『1973年のピンボール』は終結する。[20]

これ以降の村上の作品を見ても、答えは否である。本作から七年後に出版された『ノルウェイの森』（一九八七年）は、奇しくも『ラバー・ソウル』の一曲「ノルウェイの森」を聞いて直子を思い出し、深く混乱する三十七歳の主人公の姿と共に幕を開けるのである。

1　村上春樹『1973年のピンボール』（講談社、一九八〇年）。本書から引用する際は括弧内に頁数のみを記す。

2　Marco Rossignoli, *The Complete Pinball Book : Collecting the Game and its History*. (Atglen, PA: Schiffer Pub, 2002), p. 133.

3　村上春樹「『スペースシップ』号の光と影」『村上朝日堂はいほー！』（文化出版局、一九八九年）一九三―九四頁。

4　ピンボールの図版をスキャンして筆者が説明を加えた。図2、図3の出典はMichael Shalhoub, *The Pinball Compendium: Electro-Mechanical Era*, (Schiffer Publishing, 2008), p. 221, p. 66.　図4はMarco Rossignoli, *The Complete Pinball Book : Collecting the Game and its History*. (Atglen, PA: Schiffer Pub, 2002), p. 217.

5　村上春樹の卓越した比喩能力に関しては、斎藤が村上自身の「解離」的傾向から説明したものが説得的。また、芳川は『1973年のピンボール』における比喩を、現実的な叙述の対極にあるものとし、現世から冥府へと導くレトリックだと論じている。その芳川が後年、「比喩事典」を出版したことが、何より村上が繰り出す比喩の魅力を示す象徴的な出来事だろう。斎藤環「解離の技法と歴史的外傷――『ねじまき鳥クロニクル』をめぐって」『ユリイカ：村上春樹を読む』（青土社、二〇〇〇年三月）六二―七一頁、芳川泰久「失われた冥府――あるいは村上春樹における〈喩〉の場処」『ユリイカ：村上春樹の世界』（青土社、一九八九年六月）一二五―三七頁、芳川泰久、西脇雅彦『村上春樹　読める比喩事典』（ミネルヴァ書房、二〇一三年）。

6　斎藤美奈子「『村上春樹論』クエスト」『文學界』（一九九六年八月号）一七〇頁。この論は加筆訂正の後、『文壇アイドル論』に収録される。斎藤は、マッキントッシュ版のピンボール・ゲーム『トリスタン』をプレイしていてこの読み筋を「発見」したのだと告白している。『文壇アイドル論』（岩波書店、二〇〇一年）二〇頁。〈双子＝フリッパー〉説に言及する論は他に一例ある。前田は以下のように述べる。「ボール球の最終的な生死を運命づけるもの、それは最下部の左右対称に置かれたフリッパーである。このフリッパーとボールの関係は、まるで僕と双子の女の子たちの関係をみるようでもある。時に寛大に僕を助け、時にあっさり突き放す。」前田ふさえ「村上春樹『1973年のピンボール』論――双子を中心に」『国文学論叢』（龍谷大学国文学出版部、二〇〇〇年）一〇五頁。

7　ピンボールのイメージは各所に登場する。たとえば「はね上げ式の方向指示器」くらい古くさい歌を流すタクシーのラジオ（七四）、喫茶店の「ガラス窓」越しに見る「何人かの小学生がゴムボールをポンポンと」つく光景（八八）、あるいは、「ショーケースのガラスの一センチほどの隙間から小指の先をさしこむと」「競ってジャンプし、僕の指に噛み」つく「二匹の猫」（一一八）など。

8　Marco Rossignoli 前掲書 p. 69.

9　フリッパーの表面はゴムで覆われていることを考えると、『ラバー・ソウル』（「ゴムの魂」）というLPは「心」をもったフリッパーである双子のテーマ音楽として実にふさわしい。

10　「配電盤」とは何かという問いに対しては、機能的な観点から説明されてきた経緯がある。たとえば、中村は「配電盤」を「言語的な絆の円環性を表す機械」だとし、柴田は「外部から届けられる情報を一手に集め、それを個々の受け手に分配する親元的な配信者の比喩」だとする。中村三春「『風の歌を聴け』

『1973年のピンボール』『羊をめぐる冒険』『ダンス・ダンス・ダンス』四部作の世界」『国文学　解釈と教材の研究』（學燈社、一九九五年三月）七〇―七三頁。柴田勝二『中上健次と村上春樹〈脱六〇年代〉的世界のゆくえ』（東京外国語大学出版会、二〇〇九年）八〇頁。そのほかの解釈は以下を参照のこと。『村上春樹と一九八〇年代』（おうふう、二〇〇八年）三〇三頁。

11 「哲学の義務は、誤解から生じたまやかしを除くにあった。たとえその際、いたく賞讃され愛着されている虚妄が破滅しようとも、それは私の意とするところでなかった。」カント『純粋理性批判』上巻、篠田英雄訳（岩波文庫、一九六一年）一七頁。

12 プランジャー［②］を目一杯、手前に引っ張って打ち出すショット。

13 『風の歌を聴け』（講談社、一九七九年）。

14 僕は直子の街の公園に「砂場」があるかどうかを気にしている（九）。また双子がゴルフ・コースのバンカーにゴミを捨てた時、「砂場に何かを残しちゃいけない」（一〇〇）と言って咎める。ゴルフ・ボールがバンカーに嵌り込んでしまうことを考えると、砂場というのは、ピンボールでいうところのホール［⑤］なのかもしれない。ちなみに本作で言及される「スペースシップ」では土星が「キック・アウト・ホール」（そこに嵌ると、一定期間ボールが止められ急に弾き出されるホール）になっている（一八四）。小説冒頭には土星生まれだと語る男が登場し、土星は「引力がとても強い」（六）と話してもいる。砂場―バンカー―キック・アウト・ホール―土星、のイメージが連鎖しているのだろう。

15 僕が勤務している翻訳事務所の「女の子」は僕の「セーターの綻び」をいつも気にしている。彼女は僕のセーターから猫の毛を取っている時に「わきが綻びてる」（一一八）ことに気づき、また、僕がスペースシップをプレイしに行く時にも、僕に両手を上げさせて「わきの下をじっと点検」（一六七）する。セーターの脇の綻びとは、何なのだろう。一対の袖が形状的に左右のフリッパーに当たるとすると、脇の部分はフリッパーの軸とフリッパー・コイルをつなぐフリッパー・リンクにあたるだろうか。

16 「スペースシップ」を直子だと見なして議論している論者は、たとえば、加藤典洋『村上春樹イエローページ――作品別（1979―1996）』（荒地出版社、一九九六年）四八頁。山根由美恵「村上春樹『1973年のピンボール』論――朧化された三角関係」『近代文学試論』（広島大学近代文学研究会、二〇〇一年）四八頁。石原千秋『謎解き　村上春樹』（光文社新書、二〇〇七年）一五九頁など。

17 僕の耳の治療はピンボール台の修理を思わせる。「注射器は僕の耳にさしこまれ、あめ色の液は耳の穴中をしまうまの群れのようにとびはねたあとで耳から溢れてメガフォンの中に落ちた」（二〇二）。

18 本章で紹介する〈ピンボール幻想〉は、二〇〇八年十二月七日夕刻、札幌大学・景山弘幸教授が、北十八条「おしどり」にて御教示くださったものである。コインを渡してバスに乗せる最終場面を読み解かれたのには目から鱗が落ちた。

19 僕と双子の後日談が短編「双子と沈んだ大陸」である。「双子とわかれて半年ほど経った頃」、雑誌を読んでいた僕は双子の写真を発見する。彼女たちは「何もかもがガラスで作られている」六本木のディスコ「ザ・グラス・ケージ」（The Glass Cage）で酒を飲んでいた。僕は、おしゃべりに夢中になる双子が壁に塗りこめられつつある夢を見る。僕は何とかして彼女たちに危険を知らせようとするものの、厚いガラスがそれを阻む。「……結末はいつも同じなんだ。そこにはガラスの壁があって、僕には誰かに何かを伝えることができない」。双子と僕の間にあるガラスは、フリッパーとプレイヤーを隔てるフィールド・

グラスを思わせる。「双子と沈んだ大陸」『パン屋再襲撃』（文春文庫、一九九四年）一二三―五四頁。

20　本論では意図的に触れなかったが、この物語にはもう一人の主人公がいる。「これは『僕』の話であるとともに鼠と呼ばれる男の話でもある」（二七）。友人・鼠の運命は僕がかつて鼠取りで捕獲した一匹の鼠が暗示している。僕は罠にかかって動けなくなっている鼠を見てこんなことを思う。「物事には必ず入口と出口がなくてはならない」（一五）。一九七三年、僕と七〇〇キロ離れた街で暮らす友人・鼠は、恋人と別れて街を出る決意をする。最終場面では、鼠は一人夜の霊園に車を止めて暗闇を見つめている。この時、不意に「出口」のなくなったピンボール台のイメージが現れる。「車の屋根に落ちた葉は小さな乾いた音を立て、しばらく屋根の上を彷徨ってからフロント・グラスの傾斜をつたってフェンダーに積った」（一九七）。落ち葉（ボール）はフロント・グラスの傾斜をつたいフェンダー（アウト・レーン）に積もる（たまる）。「鼠は前かがみになって両手をステアリングに載せたまま身動きひとつ」（一九七）しない。やがて鼠はステアリング（フリッパー・ボタン〔④〕）から「両手を離し」（一九八）、行き先を探すべくロードマップをめくるが、猛烈な睡魔に襲われ眠りに落ちる。あるいは、彼も「出口」を見出せないのかもしれない。

第二章　《連想》の詩学

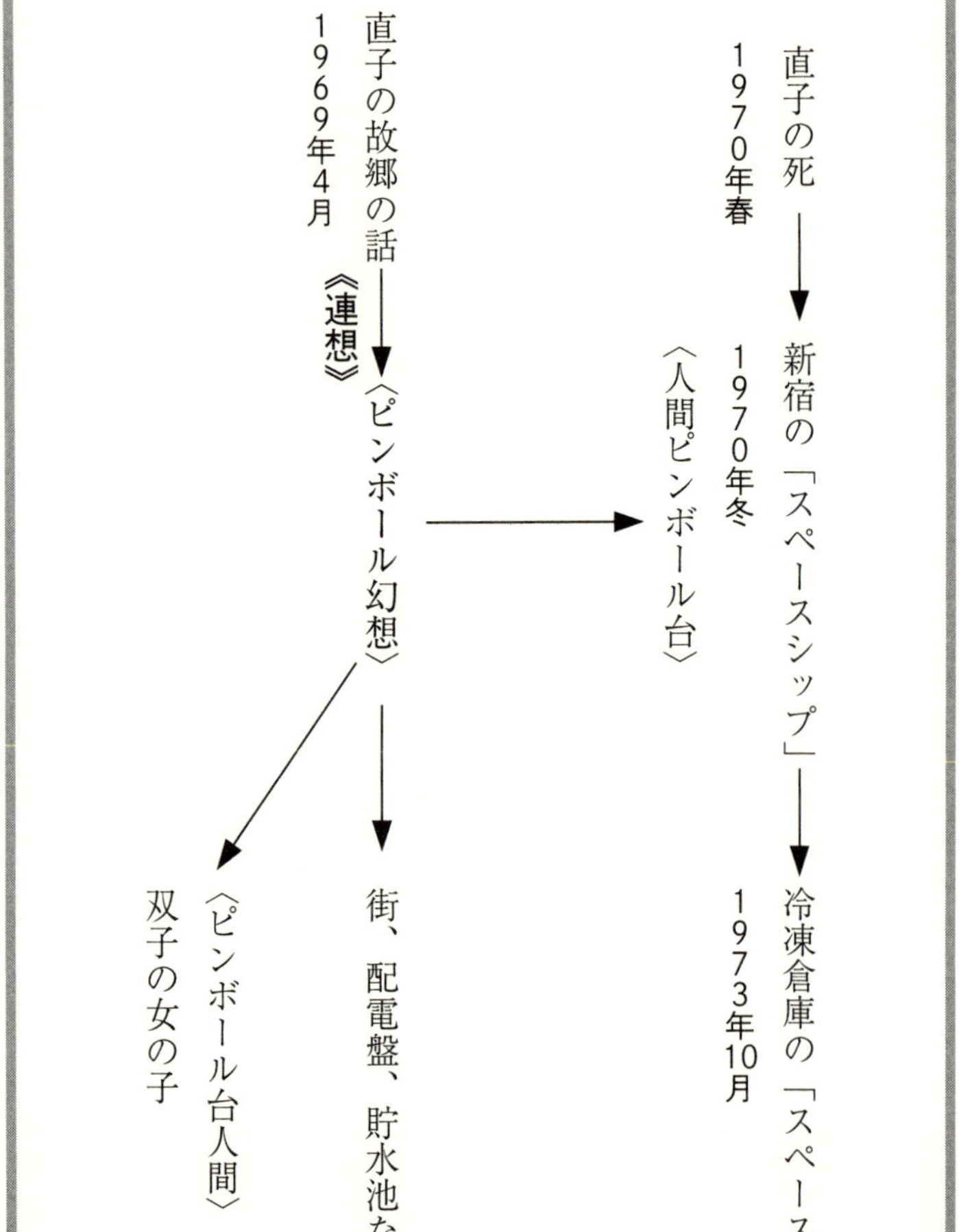

直子の死
1970年春
新宿の「スペースシップ」
1970年冬
冷凍倉庫の「スペースシップ」
1973年10月
直子の故郷の話
1969年4月
《連想》
〈ピンボール幻想〉
〈人間ピンボール台〉
街、配電盤、貯水池など
〈ピンボール台人間〉
双子の女の子

第三章

『羊をめぐる冒険』と《数字》の詩学

午前8時25分、
妻のスリップ、
最後に残された五十メートルの砂浜

北海道・士別の羊

8月26日、という店のカレンダーの下にはこんな格言が書かれていた。
「惜しまずに与えるものは、常に与えられるものである。」

——『風の歌を聴け』

『羊をめぐる冒険』[1]（一九八二年）の主人公・僕は作品の序盤から、ある〈喪失〉に直面している。前作『1973年のピンボール』から五年が経過し、二十代最後の年を迎えた彼が時計を確認し、目を閉じて眠りについたのは、離婚を決意した妻がアパートから去って行った朝のことだ。

> そのようにして彼女は彼女の何枚かのスリップとともに僕の前から永遠に姿を消した。あるものは忘れ去られ、あるものは姿を消し、あるものは死ぬ。そしてそこには悲劇的な要素は殆んどない。
>
> 七月二十四日、午前八時二十五分。
>
> 僕はデジタル時計の四つの数字を確かめてから目を閉じ、そして眠った。（三七―三八）

その時、彼はなぜ時計を見たのか――この問いに取り組むにあたっては、当然、デジタル時計の「四つの数字」は何を意味するのか、という素朴な疑問を避けては通れないだろう。

【図１】「四つの数字」

村上は『羊をめぐる冒険』を全集に収録する際、この箇所に以下のような修正を施すことになる。

> 7月24日、午前8時25分。
> 僕はデジタル時計の四つの数字を確かめてから目を閉じ、そして眠った。
> (『村上春樹全作品 1979—1989:②』三九:傍線筆者)[2]

本文中の日付と時刻を漢数字で標記する本作において、この改訂は明らかに記述の統一性を損なうものである。たとえば、同じ全集版を十頁ほど遡《さかのぼ》ってみよう。

> 七月二十四日、午前六時三十分。海を見るには理想的な季節で、理想的な時刻だ。砂浜はまだ誰にも汚されてはいない。(『村上春樹全作品 1979—1989:②』二八:傍線筆者)

同日の約二時間前の表記は、現在に至るまで漢数字のままである。[3] 日付までを巻き込んでアラビア数字に修正させたデジタル時計の「四つの数字」。ここで特権化された《数字》

には、やはり、何かが隠されているはずだ。

〈再喪失〉した妻の《数字》

本作において、主人公が時計を気にすることは珍しくない。たとえば、僕は後日、「テーブルの上のデジタル時計は現在の時刻が九時半であることを示している」ことを確認し、「その数字は31に変わり、もう少しあとで32に」なるのを、じっと眺めたりもする(一八〇)。そういった行動の意味合いは、勤務先での彼の思考の中で明確に説明されている。

> 僕はスカイブルーのソファーの上でウィスキーを飲み、ふわふわとしたタンポポの種子のようにエア・コンディショナーの気持の良い風に吹かれながら、電気時計の針を眺めていた。電気時計を眺めている限り、少くとも世界は動きつづけていた。たいした世界ではないにしても、とにかく動きつづけてはいた。そして世界が動きつづけていることを認識している限り、僕は存在していた。たいした存在ではないにしても僕は存在していた。人が電気時計の針を通してしか自らの存在を確認できないというのは何かしら奇妙なことであるように思えた。(九一―九二)

「電気時計の針」の動きを凝視する主人公は、それによって「自らの存在を確認」するのだと言う。

時を刻む、故《ゆえ》に我あり――それは単なる主人公の気まぐれな信条ではなく、別の登場人物にも適用される原則である。たとえば、鼠と呼ばれる僕の親友だ。この物語の発端は、鼠から僕のもとに北海道の牧場の写真が送られてきたことにある。その写真に写り込んだ一頭の羊を探し出すよう闇の組織から依頼された僕は、一軒の山荘を鼠の潜伏先だとにらむ。そこで一週間、彼の帰りを待ち続けた僕の前に、ようやく姿を現した鼠が語ったのはこんな話だ。

鼠は笑った。「まったく不思議なもんさ。だって三十年にわたる人生の最後の最後にやったことが時計のねじを巻くことなんだぜ。死んでいく人間が何故時計のねじなんて巻くんだろうね。おかしなもんだよ」

鼠が黙るとあたりはしいんとして、時計の音だけが聞こえた。（三七七）

世界を支配する特殊能力をもった羊を体内に宿したまま、自らの命を絶った鼠。そんな悲壮な決意を胸に秘めた彼が死ぬ前にとった行動は、時計のねじを巻くことだったと言う。

時計が九時半の鐘を打った。

「時計を止めていいかな?」と鼠が訊ねた。「うるさいんだ」

「もちろんいいよ。君の時計だよ」

鼠は立ち上って柱時計の扉を開け、振り子を止めた。あらゆる音とあらゆる時間が地表から姿を消した。(三七八—七九)

自らの手で時計を止め、あとは「一冬かけて消えるだけ」(三八三—八四)だと述べた鼠は、「時間の扉を閉めるように」(三八七)、僕の前から永久に姿を消すのだ。鼠は時計のねじを巻いたことによって、死んだ後も、その「存在」をこの世界に繋ぎ留め、僕に直接、別れを告げることができたのだろう。当然、彼は時計を止めることによって、自らの「存在」を完全に〈喪失〉させ、「消えていく」ことになる。

時計の停止を死のメタファーとして捉える傾向が、村上にはある。『羊をめぐる冒険』の四年後に書かれたエッセイ「ささやかな時計の死」の中にも、その独自の思考の跡を辿ることができるだろう。止まった電池時計の「死には何かしら冷たく重いものがある」——そう述べた彼は、時計の異変に気付いた朝の感慨をこう記している。

とにかくその女の子（たとえ三十七でも同い年の女の人って、僕にしてみればみんな女の子なのだ）にもらった時計がある朝起きると止まっていたのだ。腹を減らした猫がニャアニャアと騒いで僕を起こすので、「あれ、今何時かな？」と思って、枕もとのそのトラベル・ウォッチを見ると、針は午前二時十五分でぴたりと止まっていた。

猫にキャット・フードを与え、自分のためにコーヒーを沸かし目玉焼きを作りながら、そういえばあの子も死んじゃってもういないんだなとふと思った。その時計は、まるで生の余韻にとどめをさすかのように、ぷつんと止まっていたのだ。

（「ささやかな時計の死」[4] 一二八：傍線筆者）

「生の余韻にとどめをさす」――この感覚は村上ならではのものかもしれない。一度目は死ぬことによって、二度目は時計を止めることによって、人は完全に死者となるのだ。

主人公・僕がデジタル時計で確認した「八時二十五分」に、その「存在」を完全に〈喪失〉させたのは、この朝、僕のもとから「永遠に姿を消した」妻だということに、ひとまずはなるだろう――死んだ僕の親友・鼠が九時半の鐘を止めて「時間の扉」を閉めたように、あるいは、死んだ村上氏の女友達が二時十五分で止まった時計によって「生の余韻」を断ち切ったように。

「本当はあなたが帰ってくる前に出ていくつもりだったのよ。顔を合わせたくなかったから」

「でも気が変ったんだね」

「そうじゃないの。もうどこにも行きたくなくなっちゃっただけ。――でももう出て行くから心配しないで」（二一九）

恋人をつくり、一か月以上前に家を出て行った妻は、この日、荷物を取りに戻ったところで僕と鉢合わせしたのだ。酒を飲んで朝帰りした僕は、こうして妻との不意の邂逅《かいこう》を終え、彼女を〈再喪失〉することになる。「あなたのことは今でも好きよ」（三三）――そう言い残して妻がいなくなった朝、ひとり眠りにつく僕はデジタル時計を確認する。そこに表示された《数字》は――なぜ、それが０８２５であったのかは、ともかく――僕の四年にわたる結婚生活の「余韻にとどめ」をさしたのだ。

「誰とでも寝る女の子」の〈再帰〉

『羊をめぐる冒険』は〈喪失〉をめぐる物語である。主人公である僕は三十歳を目前にして妻を失い、仕事を失い、恋人も親友も失うことになる。

僕は二十九歳で、そしてあと六ヵ月で僕の二十代は幕を閉じようとしていた。何もない、まるで何もない十年間だ。……

最初に何があったのか、今ではもう忘れてしまった。しかしそこにはたしか何かがあったのだ。僕の心を揺らせ、僕の心を通して他人の心を揺らせる何かがあったのだ。結局のところ全ては失われてしまった。失われるべくして失われたのだ。それ以外に、全てを手放す以外に、ぼくにどんなやりようがあっただろう？

少なくとも僕は生き残った。（一一二）

〈喪失〉をめぐる物語である『羊をめぐる冒険』は、それと同時に〈再帰〉をめぐる物語でもある。「君はもう死んでるんだろう？」（三七六）――五年前に誰にも行き先を告げることなく消えた鼠は、死者として僕の前に最後の姿を現す。僕の視点から見れば、〈喪失〉した鼠が〈再帰〉したことになる。

主人公は元妻にも更なる〈再帰〉の可能性を探っている。妻が出て行った日の朝、僕はあるアメリカ小説を思い出すのだが、それは「妻に家出された夫が、食堂の向いの椅子に彼女のスリップを何ヵ月もかけておく話」（三四）だという。

スリップの一枚くらい残していってくれてもよさそうなものなのにとは思ったが、それはもちろん彼女の問題であって、僕がとやかく言うことではなかった。……あるいは彼女が意図したように、そもそもの始めから彼女は存在しなかったのだと思い込む他ない。そして彼女の存在しないところに、彼女のスリップも存在しないのだ。（三五）

前作『1973年のピンボール』で、直子を「スペースシップ」として何度も〈再帰〉させたように、僕は最後の邂逅《かいこう》を終えた直後の妻を再び〈再帰〉させるべく、彼女の失われたスリップに想いをやる。

「ねえ、君はスリップを着ないのかい？」（六五）――のちに僕がそう尋ねた相手は「妻と別れた直後――八月のはじめ」（四六）に巡り会い、僕の恋人となる二十一歳の「耳」の広告モデルである。もしも、元妻が〈再帰〉しているのだとしたら、そのタイミングからして、彼女をおいて他にないはずだ。

「持ってないわ」

「うん」と僕は言った。

「でも、もしあなたがその方がもっとうまくいくっていうんなら……」

「いや、違うんだ」と僕はあわてて言った。「そういうつもりで言ったわけじゃないんだよ」
（六五—六六）

僕は新恋人である「耳」の女の子に、スリップを着用させようとはしない。それによって、彼女に投影されかかった元妻の影は振り払われることになる。この会話が暗示するのは、「耳」の女の子が決して元妻の〈再帰〉した存在ではないということだが、同時に見逃してはならないのは、——些《いささ》か奇妙な話ではあるが——彼女が別の誰かの〈再帰〉した存在である可能性だ。

「耳」の女の子の起源には、おそらく、僕が大学時代に喫茶店で出会った「誰とでも寝る女の子」と呼ばれる少女がいる。

僕がはじめて彼女に会ったのは一九六九年の秋、僕は二十歳で彼女は十七歳だった。大学の近くに小さな喫茶店があって、僕はそこでよく友だちと待ちあわせた。……
彼女はいつも同じ席に座り、テーブルに肘をついて本を読み耽っていた。歯列矯正器のような眼鏡をかけて骨ばった手をしていたが、彼女にはどことなく親しめるところがあった。
（一二）

それから九年後のこと、一九七八年七月二十三日の夜、僕は交通事故で死んだ彼女の葬儀に参列することになる。「誰とでも寝る女の子」の訃報から始まる『羊をめぐる冒険』の第一章は、彼女と共に過ごした一九七〇年の懐かしい記憶に費やされている。その後の物語展開に一切の関わりをもたない「誰とでも寝る女の子」が、もしも、主人公の新恋人である「耳」の女の子として〈再帰〉しているのだとすれば、『羊をめぐる冒険』が彼女の死から語り起こされることに何ら不思議はない。[5]

主人公が魅力的な「耳」を持つ女性にめぐり会うのは、「誰とでも寝る女の子」が死んだ翌月、一九七八年八月のことである（もちろん、それは妻が出て行った翌月のことでもある）。「耳」の女の子が（妻ではなく）「誰とでも寝る女の子」の〈再帰〉した存在として造形されていることは、その絶妙なタイミングだけでなく、たとえば、その特殊な職業構成にも示されている。

> 彼女は二十一歳で、ほっそりとした素敵な体と魔力的なほどに完璧な形をした一組の耳を持っていた。彼女は小さな出版社のアルバイトの校正係であり、耳専門の広告モデルであり、品の良い内輪だけで構成されたささやかなクラブに属するコール・ガールでもあった。
>
> （四三：傍線筆者）

僕の述懐によると、「誰とでも寝る女の子」は、かつて「一日中ロック喫茶の椅子に座って……本のページを繰りながらコーヒー代と煙草代……を払ってくれる相手が現われるのを待ち、そして大抵はその相手と寝た」（二六―二七）という。「ある時には大江健三郎であり、ある時には『ギンズバーグ詩集』であった」（二三）という彼女の読書家ぶりは、日常的に文字を追い続ける出版社の「校正係」につながり、「誰とでも寝る」などと陰口を叩かれたその奔放な性生活は彼女を「コール・ガール」へと変貌させる。

問題は〈再帰〉した「誰とでも寝る女の子」が、なぜ「耳専門の広告モデル」として僕の前に現れたのかである。そのヒントは「誰とでも寝る女の子」と僕の当時のデートに見出せるのかもしれない。一九七〇年十一月二十五日、水曜日のことである。

> 我々は林を抜けてＩＣＵのキャンパスまで歩き、いつものようにラウンジに座ってホットドッグをかじった。午後の二時で、ラウンジのテレビには三島由紀夫の姿が何度も何度も繰り返し映し出されていた。ヴォリュームが故障していたせいで、音声は殆んど聞きとれなかったが、どちらにしてもそれは我々にとってはどうでもいいことだった。……一人の学生が椅子に乗ってヴォリュームのつまみをしばらくいじっていたが、あきらめて椅子から下りるとどこかに消えた。

「君が欲しいな」と僕は言った。
「いいわよ」と彼女は言って微笑んだ。
（二〇一―二一：傍線筆者）

この時、テレビ画面は、市ヶ谷の駐屯地で演説をする三島由紀夫の姿を繰り返し「映し出し」ていた。しかし、ヴォリュームが故障したせいで音声が「聞きとれな」い、そんな場面である。画面に映ること、そして、音声が欠落すること――このエピソードが内包する二つの要素が、「誰とでも寝る女の子」を「耳」（音声を感知する器官）の「モデル」（カメラの被写体）として〈再帰〉させたのだ、というのは深読みに過ぎるだろうか。

ともかく、謎めいた「耳」の女の子の正体が読者に仄《ほの》めかされているのは、彼女がある単語を発した瞬間のことである。かつて「誰とでも寝る女の子」は僕とのＩＣＵのキャンパスをめぐる散歩デートを「水曜日のピクニック」と呼んでいた――「ここに来るたびに、本当のピクニックに来たような気がするのよ」（一七）。その八年後、新恋人である「耳」の女の子は僕と抱き合いながら、唐突にこんなことを口にする。

「まるで生きてるみたいでしょ」と彼女が言った。
「君のこと？」

「うん。私の体と、私自身よ」
「そうだね」と僕は言った。「たしかに生きてるみたいだ」

…………………………………………

「なんだか、まるでピクニックに来てるみたい。とても気持いいわ」
「ピクニック？」
「そうよ」

（一九三―九四）

主人公は認識できていないようだが、[6]「耳」の女の子の実体は、かつての恋人「誰とでも寝る女の子」が、その死を経て、再び僕の前に姿を現した「まるで生きてるみたい」な何かなのだろう。[7]「ピクニック」という単語は、二人の繋《つな》がりを示す秘密の合言葉なのだ。「羊を探しましょう」（一九四）――「耳」の女の子に導かれるように、僕の「羊をめぐる冒険」が始まる。

「誰とでも寝る女の子」の〈再喪失〉

「冒険」を主導し、羊探索が行き詰るたびに様々なヒントを与えてきた「耳」の女の子は、しかし、突然、僕の前から姿を消してしまう。出会いからわずか二か月、鼠の別荘にようやく辿り着いたその日の午後のことである。後になって、鼠が彼女を追い返したのだと白状するが、その理由は釈然としない。


「うん。俺としてはこれは内輪だけのパーティーのつもりだったんだ。そこにあの子が入り込んできた。俺たちはあの子を巻き込むべきじゃなかったんだ。君も知っているようにあの子は素晴しい能力を持っている。いろんなものを引き寄せる能力さ。でもここには来るべきじゃなかった。ここは彼女の能力を遥かに超えた場所なんだ」

「彼女はどうなったんだ？」

「彼女は大丈夫だよ。元気だよ」と鼠は言った。「ただ彼女はもう君をひきつけることはないだろうね。可哀そうだとは思うけれどね」

（三八五）

鼠は彼女が消えた理由を「能力を遥かに超えた場所」だという曖昧な言葉で説明するが、僕がそれに対して何らコメントをしないことが暗示するように、十全な説明とはなり得ていない。そもそも「耳」の女の子は「素晴しい能力」を有する異界の者として設定されているのだ。この唐突な展開について加藤典洋は「わたし達はシラけ、本から眼を離しそうにもなる」とすら述べている。[8]

小説『羊をめぐる冒険』を支配するのは、〈再帰〉した者は再び〈喪失〉されねばならない、という鉄の掟なのかもしれない。この時の村上は、ストーリーの自然な展開を維持できなくなるほどの強力な磁力に引っ張られていたのではないか。すなわち、「耳」の女の子を本作から〈喪失〉させようとする抗えない力だ。この小説では、鼠がそうであったように、蘇った者は再び失われていく運命にある。「耳」の女の子として〈再帰〉した「誰とでも寝る女の子」を僕はどうしても〈再喪失〉しなくてはならないのだ。

初期の村上を拘束していた〈再喪失〉の法則は、彼の個人的な体験の中にも見て取ることができる。『羊をめぐる冒険』の六年後に発表されたあるエッセイで、彼はこんなエピソードを披露する。三十歳の村上氏が麻布のレストランで仕事仲間と食事をしていた時のこと、彼はその中のひとりの女性が「胸がいたくなるくらい」昔のガール・フレンドに似ていることに気づく。

食事が終わって、デザートが出て、コーヒーになった。仕事の話もだいたい終わった。もうこのさき彼女と会うこともなさそうだった。とくにもう一度会いたいとは思わなかった。どれだけ似ていても、言うまでもなく彼女と僕の昔のガール・フレンドは別の人間なのだ。それはただの疑似体験であり、幻想なのだ。彼女と一緒に食事できたことはなかなか楽しかったけれど、それはそれだ。何度も何度も繰り返すことではない。それはふとすれちがって消えてしまうはずのものなのだ。

僕にはそれがよくわかっていた。僕は三十になっていたし、それくらいの道理はもうわきまえていた。でもそれと同時にこのまま終わらせてしまいたくないとも思った。「ねえ、あなたは僕が昔知っていた女の子にそっくりなんです。本当にびっくりするくらい」と僕は最後にそう言ってみた。言わないわけにはいかなかったのだが、でも言うべきではなかった。言ったとたんに僕も言ったことを後悔した。

彼女はにっこりと笑った。とても素敵な笑い方だった。完結した笑い方だった。そしてこう言った。「男の方ってよくそういう言い方をするのね。洒落た言い方だと思うけれど」まるで何かの映画の台詞みたいに彼女はそう言ったのだ。

そうじゃないんだ、これは洒落た言い方なんかじゃない、僕は何も君を口説こうとしているわけじゃない、君は本当にあの子にそっくりだったんだよ、と僕は言いたかった。でも言わなかった。

（「青春と呼ばれる心的状況の終わりについて」[9] 二四―二五）

このエッセイの主題を一言でまとめれば、〈再喪失〉ということになるだろう。昔、「恋をして、けっこう悪くないところまでいったのだけれど、なんだかんだで」〈喪失〉したかっての恋人が、「顔もそっくりだし、雰囲気もそっくりだし、笑い方までそっくり」な女性として〈再帰〉する。村上氏は「ただの疑似体験であり、幻想」であることを理解し、「それはそれ」であり、「ふとすれ違って消えてしまうはず」であることを「わかって」おり、「それくらいの道理はわきまえていた」。にもかかわらず、その台詞を「言わないわけにはいか」ない――「ねえ、あなたは僕が昔知っていた女の子にそっくりなんです」。彼は、何らかの力に抗えずに、結果として昔の恋人を〈再喪失〉する方向に自ら踏み出していったのだ。

人は〈再喪失〉することによって完全に失われる――それが〈再喪失〉の法則だ。〈再帰〉した「耳」の女の子の失踪によって、二十九歳の僕は交通事故死した「誰とでも寝る女の子」を完全に失い、レストランで同席した女性にフラれることによって、三十歳の村上氏はかつてのガール・フレンドを完全に失ったのである。

「青春」の〈再帰〉と〈再喪失〉

麻布のレストランで昔の恋人にそっくりな女性に出会った顛末《てんまつ》を語る先述のエッセイには、「青春と呼ばれる心的状況の終わりについて」というタイトルが付けられていた。その続きを引用しよう。

もちろん僕はかつてその女の子のことが好きだった。でもそれは既に終わったことだった。だからつまり僕がずっと大事に守ってきたのは、正確に言えば彼女ではなく、彼女の記憶だったのだ。彼女に付随した僕のある種の心的状況だったのだ。ある時期のある状況にしか与えることのできない、ある種の心的状況――それが実にあっけなく消えてしまったのだ。彼女とのその短い会話によって、一瞬にして。

そしてそれが消えてしまったのと同時に、おそらく青春とでもいう名で呼ばれるべき漠然とした心的状況もまた終わってしまった。僕はそれを認識することができた。僕はそれまでとは違う世界に立っていた。

（「青春と呼ばれる心的状況の終わりについて」二六―二七）

恋人を〈再喪失〉することと「青春」の「終わり」がなぜ結びつくのか、それは最後まで論理的には説明されていない。しかし、この二つが村上の中で分かち難く結びついていることは知っておいてよいだろう。『羊をめぐる冒険』においても、「誰とでも寝る女の子」の〈再喪失〉と、僕の「青春」の「終わり」が、奇しくも同時並行的に起こっているからである。

「青春」――『羊をめぐる冒険』はこの言葉を一度も使うことなく、その「心的状況の終わり」を絶妙に描き出した作品である。「誰とでも寝る女の子」の〈再帰〉した存在である「耳」の女の子は、同時に、僕に〈再帰〉した「青春」の象徴でもあった。フランス料理店で彼女が初めてその「耳」を見せた時のことである。

彼女はハンドバッグから黒いヘア・バンドを取り出すとそれを口にくわえ、両手で髪をかかえるようにして後にまわして、一度それをくるりと曲げてから素早く束ねた。

「どう?」

僕は息を呑み、呆然と彼女を眺めた。口はからからに乾いて、体のどこからも声はでてこなかった。白いしっくいの壁が一瞬波打ったように思えた。店内の話し声や食器の触れ合う音がぼんやりとした淡い雲のようなものに姿を変え、そしてまたもとに戻った。波の音が聞こえ、懐しい夕暮の匂いが感じられた。しかし、それらは何もかもほんの何百分の一秒かのあいだに僕が感じたもののほんの一部にすぎなかった。

「すごいよ」と僕はしぼり出すように言った。「同じ人間じゃないみたいだ」

「そのとおりよ」と彼女は言った。

（六〇：傍線筆者）


「同じ人間じゃないみたいだ」——圧倒的な体験の中で（絶妙な多義性をもった）感想を

絞り出した主人公が、その内面で言語化に成功したのは、「波の音」と「懐しい夕暮の匂い」という二つのモチーフである。これらは必ずしも「青春」を一義的に想起させるイメージだというわけではないが、主人公の極めて個人的な「青春」のモチーフとして重要な意味をもつのだろう。

砂浜は、僕と鼠にとって若き日の思い出の場所であった。処女作『風の歌を聴け』から、こんな場面を思い出しておいてもよい。


「ねえ、俺たち二人でチームを組まないか？　きっと何もかも上手くいくぜ。」

「手始めに何をする？」

「ビールを飲もう。」

僕たちは近くの自動販売機で罐ビールを半ダースばかり買って海まで歩き、砂浜に寝ころんでそれを全部飲んでしまうと海を眺めた。素晴しく良い天気だった。

「俺のことは鼠って呼んでくれ。」と彼が言った。

（『風の歌を聴け』二〇—二一）


故郷の街に帰省した十八歳の僕は同い年の鼠と出会う。夜通し酒を飲み、酔っ払って車を暴走させた鼠が愛車フィアットを大破させたのは明け方のこと。直後に二人が徒歩で向かったのが、朝日の昇り始めた砂浜である。

しかし、十一年後の今、二十九歳になった『羊をめぐる冒険』の僕は砂浜を〈喪失〉している。たとえば、「誰とでも寝る女の子」の葬儀から帰宅した朝方、僕はこんな感慨をふと漏らす。

七月二十四日、午前六時三十分。海を見るには理想的な季節で、理想的な時刻だ。砂浜はまだ誰にも汚されてはいない。波打ちぎわには海鳥の足あとが、風にふるい落とされた針葉のようにちらばっている。

海、か。

僕は再び歩きはじめる。海のことはもう忘れよう。そんなものはとっくの昔に消えてしまったのだ。（二一六）

海が「消えてしまった」のは、現在、東京で暮らす主人公が故郷の浜辺から心理的に遠ざかったからではない。彼の生まれ育った街の海は、実際に〈喪失〉してしまっているのだ。

海を〈喪失〉するというのはどういうことなのか。「誰とでも寝る女の子」の葬式のひと月前、一九七八年の六月に僕は一度、帰郷している。その時、浜辺に立ち寄った僕が目にしたのは、わずか五十メートルの砂浜を残して、「抹殺」された海の光景であった。

僕は途中にあった酒屋で缶ビールを二本買って紙袋に入れてもらい、それを下げて海まで歩いた。川は小さな入江のような、あるいは半分埋められた運河のような海に注いでいた。それは幅五十メートルばかりに切り取られた昔の海岸線の名残りだった。砂浜は昔ながらの砂浜だった。小さな波があり、丸くなった木片が打ちあげられていた。海の匂いがした。コンクリートの防波堤には釘やスプレイ・ペンキで書かれた昔ながらの落書きが残されていた。五十メートルぶんだけ残されたなつかしい海岸線だった。しかしそれは高さ十メートルもある高いコンクリートの壁にしっかりはさみ込まれていた。そして壁はその狭い海をはさんだまま何キロも彼方にまでまっすぐに伸びていた。そしてそこには高層住宅の群れが建ち並んでいた。海は五十メートルぶんだけを残して、完全に抹殺されていた。（一三〇：傍線筆者）

村上は海辺の様子を非常に丁寧に描写しているのだが、読者がその光景を正確に思い浮かべることは容易ではない。ここに描かれているものは余りに特殊なのである。にもかかわらず、村上が作品の舞台としてこの空間を選んだのは、それが実在する芦屋川河口の風景

【図２】「高さ十メートルもある高いコンクリートの壁」

であり、彼個人の青春と深く関わる場所だからだろう。そこに足を運べば、確かに「高さ十メートルもある高いコンクリートの壁にしっかりはさみ込まれていた」（図２）砂浜が目の前に現れることになる。

村上の故郷である芦屋が海岸の埋め立て工事を行ったのは、一九六九年から七五年にかけてのこと。[10]『風の歌を聴け』で十八歳の鼠と僕が半ダースの缶ビールを抱えて浜辺を訪れた二年後に始まり、『羊をめぐる冒険』で二十九歳の僕が二本の缶ビールを手にして再訪した時には、工事が完了して既に三年が経過していたことになる。この間に様変わりした芦屋浜の風景の中で、唯一、芦屋川の河口にだけ海岸線が歪《いびつ》な形で残ったのだ（図３）[11]。〈喪失〉をかろうじて逃れた浜辺に「波の音」が聞こえるのは、小説の最終行のことである。「耳」の女の子を失った僕がすべての「冒険」を終え、故郷の街に再び降り立ったのは一九七八年十月二十六日。この日の午後、かつて鼠と共に時を過ごした「ジェイズ・バー」に立ち寄った僕は獲得した報償金の小切手を店主に渡し、ひとり夕暮の海岸——

「最後に残された五十メートルの砂浜」（図4）——に向かう。『羊をめぐる冒険』の最終場面を引用しよう。

　僕は川に沿って河口まで歩き、最後に残された五十メートルの砂浜に腰を下ろし、二時間泣いた。そんなに泣いたのは生まれてはじめてだった。二時間泣いてからやっと立

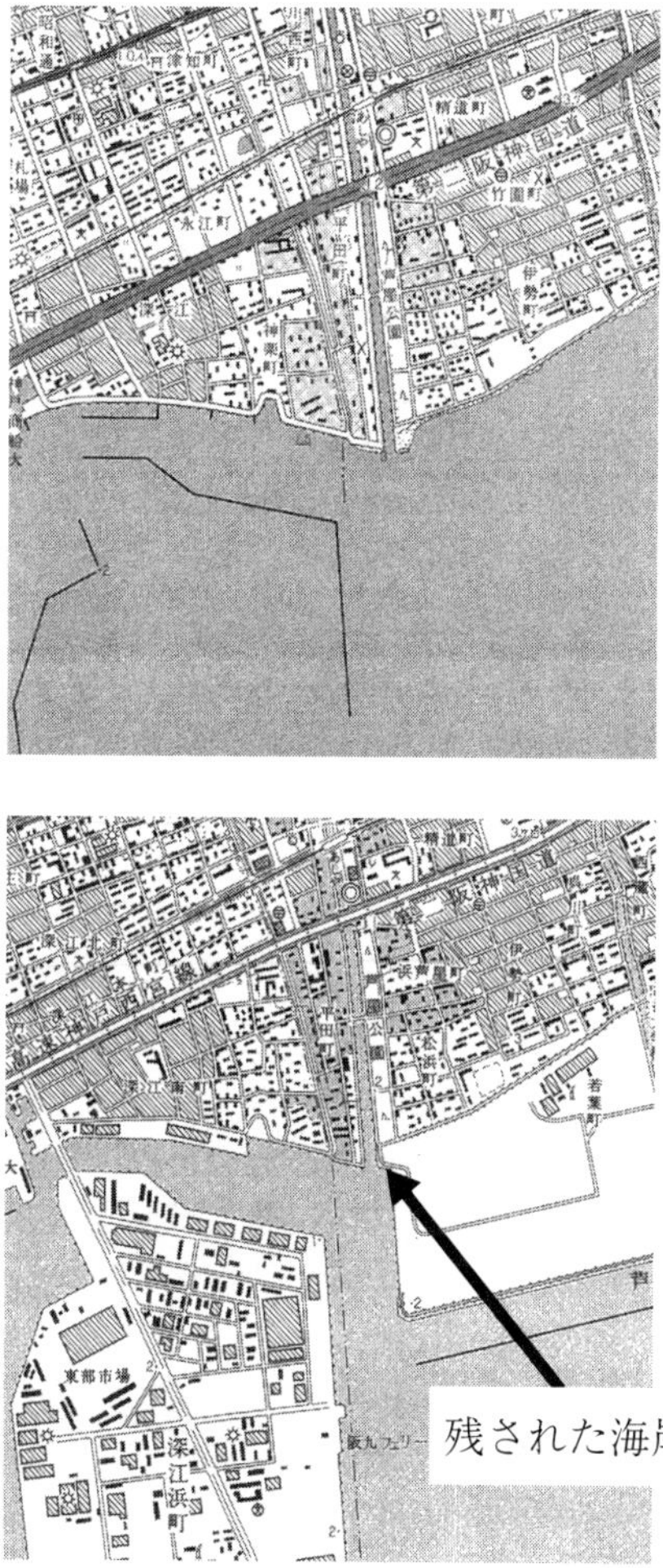

【図3】　上図は一九六七年、下図は一九七七年測量。

ち上ることができた。どこに行けばいいのかはわからなかったけれど、とにかく僕は立ち上り、ズボンについた細かい砂を払った。

日はすっかり暮れていて、歩き始めると背中に小さな波の音が聞こえた。

（四〇五：傍線筆者）

砂浜には「懐しい夕暮の匂い」が漂い、「波の音」（六〇）が響いていたはずだ――二か月前に「耳」の女の子がフランス料理店で喚起した二つのイメージである。そこで僕は二時間もの間、失われゆくものを想い、涙にくれる。やがて「日はすっかり暮れ」、立ち上がって歩き出そうとした僕は、背中越しに「小さな波の音」を聞く。

この瞬間に「青春」は〈再喪失〉されようとしている。一九七〇年を共に生き抜いた「誰とでも寝る女の子」を三か月前に亡くし、〈再帰〉した「耳」の女の子も二週間前に失ってしまった。そんな僕がひとり辿り着いたのは、ほぼその全てを「抹殺」された故郷の海だ。この日、「最後に残された五十メートルの砂浜」に響き渡った「波の音」だけが、僕のもとに〈再帰〉することができた「青春」だったのだろう。もちろん、そこには三日前に〈再喪失〉した鼠の姿はない。

「……あんたたちの世代は……」

「もう終ったんだね？」

「ある意味ではね」とジェイは言った。

「歌は終った。しかしメロディーはまだ鳴り響いている」

「あんたはいつも上手いことを言うね」

「気障なんだ」と僕は言った。
（一二八）

残された浜辺からほど近いジェイズ・バーで、僕は四か月前にこんな台詞を口にしていた。小説の最後で「小さな波の音」を背中に聞いた主人公は、本人の「気障」なレトリックに従えば、歌の終わったメロディーの最後の残響を聞いたのだ。背中越しに聞こえる「青春」の余韻が雑踏の騒音にかき消された時、僕は孤独な大人になっているのだろう。

30——それが『羊をめぐる冒険』において、密かに「青春」の「終わり」に設定された《数字》である。

「東京からお友だちを捜しにみえたんですね？」

「そのとおりです」

「お幾つくらいの方なんですか？」

「三十歳になったばかりです」

「あなたは？」

「あと二ヵ月で三十です」（一二三六）

僕が滞在していた札幌のホテルに、情報提供者を名乗る女から電話がかかってきたのは二十日ほど前のことである。先月、「三十歳になったばかりの」「あと二ヵ月で三十」「鼠」は巨大な権力を拒絶して命を絶ち、「最後に残された五十メートルの砂浜」で涙を流す。僕は、三十の分水嶺を越える前に、鼠と共に過ごした「青春」に最後の別れを告げたのだ。のちに「三十歳成人説[12]」を唱える村上らしい絶妙な設定である。

　逆に三十の分水嶺の向こう側から「青春」を振り返ることになるのが、『羊をめぐる冒険』の前年に発表された短編「五月の海岸線[13]」の語り手である。結婚式に招待された三十一歳の僕は、恋人が自分の帰郷を待ち望んでいてくれた十二年前を思い出しながら、

【図４】「最後に残された五十メートルの砂浜」

故郷の駅に下り立つ。

海の匂いがする。微かな海の匂いだ。

もちろん、本当に海の匂いがするはずはない。ふとそんな気がしただけのことだ。僕はネクタイを締めなおし、網棚からアタッシェ・ケースを取り、列車を下りる。そして本物の海の香りを胸に吸い込む。反射的に幾つかの電話番号が僕の頭に浮かぶ。一九六八年の少女たち《ティーン・エイジャー》……、そんな数字をもう一度並べかえてみるだけで彼女たちに巡り会えそうな気がする。

（「五月の海岸線」一〇三：傍線筆者）

僕の記憶の中にある一九六八年の浜辺には、確かに少女たちがいた。そして電話番号の「数字をもう一度並べかえてみるだけで彼女たちに巡り会えそうな気がする」と言う。

ここで彼女たちへのアクセス・キーとして「数字」が挙げられていることは興味深い。《数字》には、完全に〈喪失〉した過去とも繋《つな》がる力がある――少なくとも村上はそういう感性と無縁ではない。[14]

〈再喪失〉した直子の《数字》

０８２５――読者はその《数字》に何を読み取るべきなのだろうか。再び、『羊をめぐる冒険』の「四つの数字」に戻ろう。一九七八年七月二十四日の朝、荷物を取りにきた別居中の妻が再び去って行った後で、僕がデジタル時計で確認した《数字》である。

０８２５という《数字》が、最初に想起させるのは、処女作『風の歌を聴け』[15]（一九七九年）の表紙に記された「８２６」という番号である（図５）[16]。この絵は夜の波止場で煙草を燻《くゆ》らす主人公を描いたもので、その背後の倉庫には、なぜか「８」「２」「６」という数字がふられている。村上がそれを書き込むよう依頼したのか、イラストレーターの佐々木マキが自発的に書き込んだのかは分からない。いずれにしても、作中で「この話は１９７０年の8月8日に始まり、18日後、つまり同じ年の8月26日に終わる。」（『風の歌を聴け』一一―一二）と宣言されているように、物語の最終日にあたる日付が八月二十六日であり、おそらく、それに由来するのだろう。生まれ育った街に帰省し、鼠とビールを飲みながらひと夏をやり過ごした主人公は、この日の夕方、夜行バスに乗って東京に戻るのだ。しかし、時を経て、その《数字》は〈喪われた恋人〉に関連付けられることになる。〈喪われた恋人〉と共に言及される《数字》は数多くあり、もちろん、その全てに意味を見出せるわけではない。

三人目の相手は大学の図書館で知り合った仏文科の女子学生だったが、彼女は翌年の春休みにテニス・コートの脇にあるみすぼらしい雑木林の中で首を吊って死んだ。彼女の死体は新学期が始まるまで誰にも気づかれず、まるまる二週間風に吹かれてぶら下がっていた。今では日が暮れると誰もその林には近づかない。

（『風の歌を聴け』九四：傍線筆者）

その死を知らされた折に「6922本めの煙草」（『風の歌を聴け』一一八）を吸っていたのだと語る僕は、その存在に初めて言及する時から、彼女に「三人目」という《数字》を与えていた。三年後を舞台にした第二作目『1973年のピンボール』[17]（一九八〇年）では、「三人目の相手」は直子という固有名を獲得するものの、主人公がその姿をピンボール台「スペースシップ」に見出した際には、また別の《数字》に関

【図5】『風の歌を聴け』の表紙

連付けられている。

　ゲームはやらないの？　と彼女が訊ねる。
　やらない、と僕は答える。
　何故？
　165000、というのが僕のベスト・スコアだった。覚えてる？
　覚えてるわ。私のベスト・スコアでもあったんだもの。
　それを汚したくないんだ、と僕はいう。
（『1973年のピンボール』一八五：傍線筆者）

僕は「ベスト・スコア」を「汚したくない」ためにプレイをしないのだが、その「165000」という神聖な《数字》に意味を見出すことは、おそらく不可能だろう。ピンボール台の「シリアル・ナンバー」が「165029」であるという記述（一六九）を考慮に入れても、やはり。

しかし、作中で言及される様々な《数字》の中で、『風の歌を聴け』のカバーに書き込まれた「826」だけは、その後、例外的な道をたどることになる。『風の歌を聴け』の中では、帰省の最終日に過ぎなかった一九七〇年八月二十六日が、『羊をめぐる冒険』の更に五年後に発表された『ノルウェイの森』[18]（一九八七年）の中で、突如、悲劇性をまとって再登場するのだ。病院の検査を終え、八月二十五日に療養所に戻ってきた直子は元気そうな様子で過ごしていたのだが……。

六時に目を覚ましたとき彼女はもういなかったの。寝巻が脱ぎ捨ててあって、服と運動靴と、それからいつも枕もとに置いてある懐中電灯がなくなってたの。まずいなって私そのとき思ったわよ。だってそうでしょ、懐中電灯持って出ていったってことは暗いうちにここを出ていったっていうことですものね。　（『ノルウェイの森』下・二四二）

直子と最期の夜を共に過ごしたレイコによると、彼女の遺体が発見されるのが、捜索開始から五時間後のことである。すなわち、それは八月二十六日の昼頃のことだ[19]（『ノルウェイの森』下・二六九—七五）。

その事実を知った上で、遡《さかのぼ》って『羊をめぐる冒険』を読んでみると、「誰とでも寝る女の子」の周辺に「二十五」あるいは「二十六」といった《数字》が散りばめられていることに気が付く。「1970／11／25」と題された『羊をめぐる冒険』の第一章は、僕が

「誰とでも寝る女の子」とICUのキャンパスをデートした一日を中心に展開する。学食のテレビが自決直前の三島由紀夫の姿を放映していることからも分かるように、日付は一九七〇年十一月「二十五」日である。「君が欲しいな」――僕の誘いに応じた彼女は、しかし、気づくと、夜中にひとり涙を流している。

僕がふと目覚めた時、彼女は声を出さずに泣いていた。毛布の下で細い肩が小刻みに震えていた。僕はストーブの火を点け、時計を見た。午前二時だった。空のまん中にまっ白な月が浮かんでいた。

彼女が泣きやむのを待ってから湯を沸かしてティーバッグで紅茶を淹れ、二人でそれを飲んだ。砂糖もレモンもミルクもない、ただの熱い紅茶だ。それから二本ぶんの煙草に火をつけて一本を彼女にわたした。彼女は煙を吸いこんで吐きだし、それを三回つづけてからひとしきり咳きこんだ。

「ねえ、私を殺したいと思ったことある?」と彼女が訊ねた。　　（二一：傍線筆者）

時刻は午前二時、日付は「二十六」日に変わっているはずだ。『ノルウェイの森』の直子が、準備してきたロープを手に一人暗い森へと向かったのも、八月の二十五日深夜のこと、あるいは既に日付は二十六日に変わっていたかもしれない。泣き出した「誰とでも寝る女の子」にお茶を淹れ、「煙草に火をつけて」差し出した僕の優しさは、しかし、彼女の息を詰まらせ、三回つづけて咳き込ませる。「私を殺したいと思ったことある?」――彼女がそう尋ねたのは、その瞬間のことである。この場面には、死にゆく直子の姿と、彼女に対して抱く僕の罪責感が仄《ほの》めかされているようでもある。


「人を殺すタイプじゃないよ」

「そう?」

「たぶんね」

彼女は笑って煙草を灰皿につっこみ、残っていた紅茶を一口飲み、それから新しい煙草に火を点けた。

「二十五まで生きるの」と彼女は言った。「そして死ぬの」
（二一二）

☞

一九七八年七月彼女は二十六で死んだ。

「二十五まで生きるの」――そう言い残して「二十六で死んだ」「誰とでも寝る女の子」[20]。

彼女の背後に、『ノルウェイの森』で描かれる八月二十五、二十六日の直子の姿を幻視する誘惑は断ちがたい。

「誰とでも寝る女の子」は、直子の〈再帰〉した存在なのだろうか。僕と彼女が再会するタイミングは、その読みを裏付けているようにも思われる。

六九年の冬から七〇年の夏にかけて、彼女とは殆んど顔を合わせなかった。大学は閉鎖とロックアウトをくりかえしていたし、僕は僕でそれとはべつにちょっとした個人的なトラブルを抱えて込んでいたのだ。

七〇年の秋に僕がその店を訪れた時、客の顔ぶれはもうすっかり変っていて、知った顔は彼女ひとりという有様だった。……僕は彼女の向いの椅子に腰を下ろし、コーヒーを飲みながら、昔の連中の話をした。

彼らの多くは大学をやめていた。一人は自殺し、一人は行方をくらませていた。そんな話だ。

「一年間何をしてたの?」と彼女は僕に訊ねた。

「いろいろさ」と僕は言った。

「少しは賢くなったの?」

「少しはね」

　そしてその夜、僕ははじめて彼女と寝た。

（一五―一六：傍線筆者）


七〇年の三月に死んだ直子の存在を引き継ぐかのように、「七〇年の秋に」「誰とでも寝る女の子」は、僕の前に姿を現し、その夜、初めての関係をもつ。あるいは、僕は直子への想いを「誰とでも寝る女の子」に過剰に投影しているに過ぎないのだろうか。


「あなたと一緒に寝ていると、時々とても悲しくなっちゃうの」

「済まないと思うよ」と僕は言った。

「あなたのせいじゃないわ。それにあなたが私を抱いている時に別の女の子のことを考えているせいでもないのよ。そんなのはどうでもいいの。私が」彼女はそこで突然口を閉じてゆっくりと地面に三本平行線を引いた。「わかんないわ」

（一九―二〇）


「私が」と言ったまま、彼女は口を閉ざし、地面に平行線を引く――「三」。その数が何を暗示するのかはともかく、一九七〇年秋の「誰とでも寝る女の子」が、その春に喪われた「三人目の相手」の不在と強く結びつけられていることは間違いない。〈喪われた恋人〉直子が「誰とでも寝る女の子」として〈再帰〉しているのなら、その存在は「耳」の女の子にまで継承されていくことになる。「羊をめぐる冒険」に出かける直前の僕は、「耳」の女の子の中に直子の気配を感じ取っているようでもある。

彼女はソファーの手すりに載せた首をほんの少しだけ曲げて微笑んだ。どこかで見たことのある笑い方だったが、それがどこでそして誰だったのかは思い出せなかった。服を脱いでしまった女の子たちにはおそろしいくらい共通した部分があって、それが僕をいつも混乱させてしまうのだ。（一九四）

コール・ガールでもある「耳」の女の子の背後には、「誰とでも寝る女の子」がおり、その更に背後には、「服を脱いで」「微笑んだ」直子がいるのかもしれない。

最後にもう一度、『羊をめぐる冒険』の主人公が時計を「確かめ」る場面に戻ろう。後にアラビア数字で再表記された日付と時刻、そして、そこから前景化された「四つの数字」。読み誤ってはならないのは、0825という《数字》と共に僕の心に刻まれていたものは、本当は何であったのかだ。

そのようにして彼女は彼女の何枚かのスリップとともに僕の前から永遠に姿を消した。あるものは忘れ去られ、あるものは姿を消し、あるものは死ぬ。そしてそこには悲劇的な要素は殆んどない。

七月二十四日、午前八時二十五分。

僕はデジタル時計の四つの数字を確かめてから目を閉じ、そして眠った。

（三七―三八：傍線筆者）

「あるものは忘れ去られ、あるものは姿を消し、あるものは死ぬ」――七月二十四日とは、確かに、別居中の妻が「何枚かのスリップとともに」「永遠に姿を消し」た日である。しかし、それとは別に「忘れ去られ」た者と「死」んだ者がいる。それは一体、誰なのか。後者の答えは簡単である。僕はこの日の前夜に、交通事故死した「誰とでも寝る女の子」の葬儀に参列していたのだ。「死」んだのは彼女で間違いない。であれば、前者の「忘れ去られ」た者とは――やはり、今をさかのぼること八年、一九七〇年の三月に、その短い生涯を終えた直子なのだろう。

「四つの数字」――それは、出て行った妻の〈再喪失〉であるのと同時に、死んだ直子の〈再喪失〉の瞬間を刻む《数字》だったのだろう。僕はデジタル時計の「四つの数字」を確かめることによって、いわば、時計を止めたのだ。それは〈再帰〉した「誰とでも寝る女の子」の死によって「生の余韻」を断ち切られた直子に捧げる《鎮魂》の儀式だったのかもしれない。一九七〇年の春に命を絶った〈喪われた恋人〉直子が、その年の秋に「誰とでも寝る女の子」として〈再帰〉していたのだとすれば、八年後の彼女の交通事故死は、〈再帰〉した直子の〈再喪失〉を意味することになるのだ。０８２５――この《数字》が、『ノルウェイの森』に再登場した直子にとって、その「存在」を全うした最後の日付となるのは、おそらく偶然ではない。

「あるものは忘れ去られ」――その言葉の通り、『羊をめぐる冒険』の僕は、確かに直子のことを「忘れ去」ってしまったようにも見える。四百頁に及ぶ長大な作品を通して、彼女の死についてはもちろん、その名前すら言及されることはないのだ。ただし、それは二十九歳の僕が嘯《うそぶ》くように、彼女のことを「忘れ去」ったからでも、彼女の死に「悲劇的な要素」がないからでもない。おそらく、僕はまだ語ることができないのだ。一九七〇年の十一月二十五日に「誰とでも寝る女の子」は、沈鬱な表情で押し黙る二十一歳の僕に、こう尋ねていた。

「きっとあまりしゃべりたくないのね?」

「きっとうまくしゃべれないことなんだ」

彼女は半分吸った煙草を地面に捨てて、運動靴で丁寧に踏み消した。「本当にしゃべりたいことは、うまくしゃべれないものなのね。そう思わない?」

「わからないな」と僕は言った。（一九）

僕が「本当にしゃべりたいこと」を語り出すには、今しばらくの時間が必要だったのだろう。「100%のリアリズム小説」『ノルウェイの森』が発表されるのは、『羊をめぐる冒険』から五年後のこと、語り手・僕は更に八つ年を重ね、三十七歳になっている。

1 村上春樹『羊をめぐる冒険』（講談社、一九八二年）。本書から引用する際は括弧内に頁数のみを記す。

2 『村上春樹全作品 1979—1989：②羊をめぐる冒険』（講談社、一九九九年）。

3 山﨑眞紀子『村上春樹の本文改稿研究』（若草書房、二〇〇八年）一六一頁。全集版以降に出版された文庫版も「七月二十四日、午前八時二十五分」のみ、アラビア数字に変更される。

4 「ささやかな時計の死」の初出は『ハイファッション』誌（一九八六年十二月）。その後、『村上朝日堂はいほー！』（文化出版局、一九八九年）一二三—一二八頁に収録。

5 「誰とでも寝る女の子」が「耳」の女の子として〈再帰〉しているという読みを展開した論者に井上義夫がいる。井上は自殺した女の子（直子）が、両者の起源におり、村上作品においては彼女が様々な女性に「変化」しているとする。『村上春樹と日本の「記憶」』（新潮社、一九九九年）の第二章「水のいざない、物語のいざない」参照。本書は村上春樹研究史において、読みの確かさと叙述の美しさにおいて群を抜いている。特に「水」をテーマに論じた第二章は圧巻である。

6 主人公は「耳」の女の子の背後にいる存在には気づいているのだが、その存在を明確には捉えられない。それをよく表わしているのが、以下のくだりである。「僕が角を曲る」……「すると僕の前にいた誰かはもう次の角を曲っている。その誰かの姿は見えない。その白い裾がちらりと見えるだけなんだ……」（五一）——「耳」から受ける印象を本人に尋ねられた僕はこう答えている。正解を見つけ出す仕事は読者に委ねられているのだ。

7 「誰とでも寝る女の子」と「耳」の女の子の密接な関係性について、本文で言及しなかったポイントを二つあげておく。①〈名前に関する哲学的議論〉主人公と運転手が交わす議論は、名前の不在が互換性につながる、というものであり、名前のない二人の女性の交換可能性を示唆している（二〇六―一〇）。②〈「耳」の女の子が十二歳で耳の回路を閉じたこと〉一九六九年は僕と「誰とでも寝る女の子」が出会った年であり、それ以降、「誰とでも寝る女の子」が生存している間は、彼女は「耳」の能力を抑制していたことになる（五六）。

8　加藤典洋『村上春樹イエローページ――作品別（1979―1996）』（荒地出版社、一九九六年）六四頁。加藤はこの「不器用な失踪と弁解」は、映画『地獄の黙示録』を参照した作者の意図であったと論じる。「耳」の女の子の喪失に関する様々な議論に関しては、今井清人が整理している。『村上春樹作品研究事典』（鼎書房、二〇〇一年）一八四―八五頁を参照。

9　「青春と呼ばれる心的状況の終わりについて」の初出は『ハイファッション』誌（一九八八年二月）。その後、『村上朝日堂はいほー！』（文化出版局、一九八九年）二〇―二七頁に収録。

10　井上義夫、前掲書、七八頁。

11　地図は「西宮」の二万五千分の一地図。国土地理院発行。

12　村上春樹『スメルジャコフ対織田信長家臣団』（朝日新聞社、二〇〇一年）フォーラム二九七、一九九九年四月七日返信。「青春」の終わりが「三十歳」と密接な関係にあることは、最新の自伝的エッセイからも分かる。「でも気がつくと僕はそろそろ三十歳に近づいていました。僕にとっての青年時代ともいうべき時期はもう終わろうとしています」『職業としての小説家』（スイッチ・パブリッシング、二〇一五年）四〇頁。

13　「五月の海岸線」の初出は『トレフル』（一九八一年一月）。その後、短編集『カンガルー日和』（平凡社、一九八三年）に収録。

14　初期の村上研究においては多くの文芸批評家が、村上作品の「数字」に関する議論を行っていた。たとえば、『風の歌を聴け』二三章における、「そんなわけで、彼女の死を知らされた時、僕は6922本めの煙草を吸っていた」という一節において、恋人の死というものを、数字で表すことの意味を問うたのである。柄谷行人「村上春樹との『風景』――『1973年のピンボール』」、笠井潔「都市感覚という隠蔽――村上春樹」など参照。両者共に『村上春樹スタディーズ01』（若草書房、一九九九年）に収録されている。これらの議論は、個別的なもの（＝彼女の死）を普遍的なもの（＝数字）で代置することの意味を、〈自己〉と〈他者〉、あるいは〈モダン〉と〈ポスト・モダン〉といった概念を軸にして哲学的に論じるものだった。いずれにせよ「数字」には個別の意味が欠如していることを前提にしている。

15　村上春樹『風の歌を聴け』（講談社、一九七九年）。

16　村上春樹『風の歌を聴け』（講談社文庫、一九八二年）。「8」の数字が、「風の歌を聴け」というタイトルと重なって「3」に見える版もある。

17　村上春樹『1973年のピンボール』（講談社、一九八〇年）。

18　村上春樹『ノルウェイの森』（講談社、一九八七年）。

19　八月二十六日という日付の一致に関しては、たとえば、高田知波が以下の論考の注で指摘している。「『新人投手がジャイアンツを相手にノーヒット・ノーランをやるよりは簡単だけど、完封するよりは少し難しい程度』――村上春樹研究のための微視的ノート」『駒澤国文』（二〇〇四年）三七一頁。

20　本章は二〇一二年度に愛知大学文学部で行った演習の内容をもとにしている。「二十五まで生きるの」

という言葉に直子の声を聞き取れるという指摘は、受講生・井寺利奈さんのものである。

第三章　《数字》の詩学

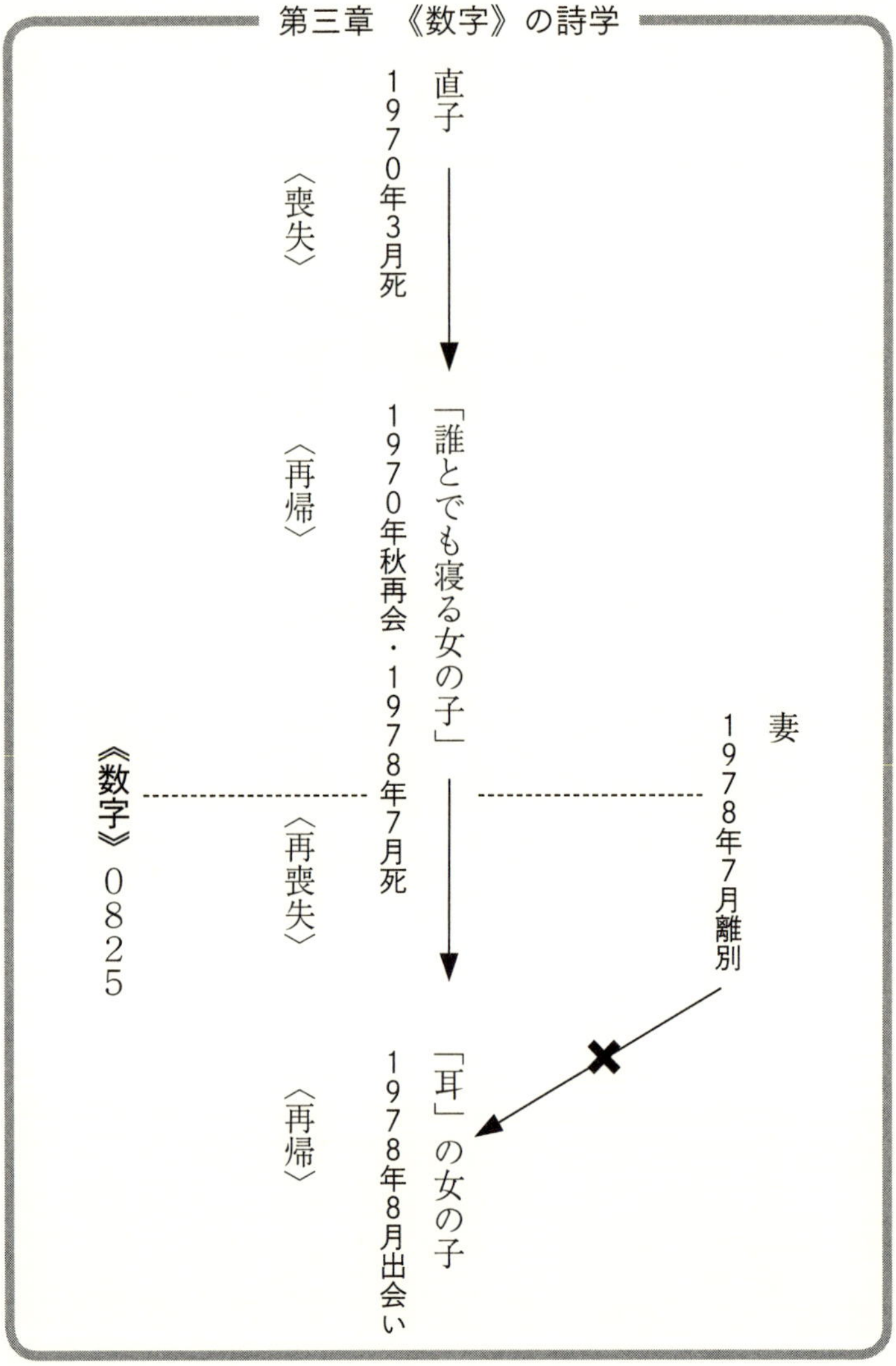
妻
1978年7月離別
直子
1970年3月死
〈喪失〉
「誰とでも寝る女の子」
1970年秋再会・1978年7月死
〈再帰〉
〈再喪失〉
「耳」の女の子
1978年8月出会い
〈再帰〉
《数字》0825

断章

『辺境・近境』と《デート》の詩学

直子の関西弁、

アンリ・シャルパンティエ、

958,816枚目のピザ

ピノッキオのピザ

「ねえ、もしよかったら一緒に食事しないか?」

彼女は伝票から目を離さずに首を振った。

「一人で食事するのが好きなの。」

「僕もそうさ。」

――『風の歌を聴け』

「私のこと忘れんといてな」――直子が僕に残したのは、本当はこんな言葉だったのかもしれない。『ノルウェイの森』に登場する彼女に、僕が初めて出会ったのは高校二年の春のことである。共に関西で育った僕と直子は、高校時代はもちろん、大学進学で上京した後も、実際には関西弁で会話しているはずなのだ――「忘れへんよ、忘れられるわけないやろ」[1]。

『風の歌を聴け』[2]の僕は、高校時代のガールフレンドについて、こんな風に語っている。

> 最初の女の子は高校のクラス・メートだったが、僕たちは17歳で、お互いに相手を愛していると信じこんでいた。夕暮の繁みの中で彼女は茶色のスリップオン・シューズを脱ぎ、白い綿の靴下を脱ぎ、淡い緑のサッカー地のワンピースを脱ぎ、あきらかにサイズが合わないとわかる奇妙な下着を取り、少し迷ってから腕時計も取った。それから僕たちは朝日新聞の日曜版の上で抱き合った。
>
> 僕たちは高校を卒業してほんの数ヵ月してから突然別れた。理由は忘れたが、忘れる程度の理由だった。それ以来彼女には一度も会っていない。眠れぬ夜に、僕は時々彼女のことを考える。それだけだ。
>
> （『風の歌を聴け』九〇―九一：傍線筆者）

この文章で引っ掛かりを覚えるのは、「高校を卒業してほんの数ヵ月してから突然別れた」という部分だ。しかも「忘れる程度の理由」で。それは本当だろうか。

村上氏本人は実際、当時のガールフレンドと、どのような《デート》をしていたのか——その一端を読者とのやり取りの中に窺《うかが》うことができる。高校時代の交際に関しては具体的に語ろうとしない村上氏であるが、地元・芦屋市の愛読者から届いたメールに、こんな返信をしている。

こんにちは。僕の故郷の中学生からのメールですね。たくさん僕の本を読んでいただいて、ありがとうございます。高校時代、よく芦屋川のあたりを女の子とデートしたものです。闇にまぎれてけっこうエッチなこともしました……というようなことを著者が言っていてはいけないですね。今ではまじめに仕事をする（まずまず）健全な大人になっています。これからも僕の本を読んでくれるととても嬉しいです。チャオ。

（『スメルジャコフと織田信長家臣団』[3] 一九九九年九月十五日返信）

相手が中学生ということで、若干の悪戯心《いたずらごころ》が芽生えたのだろう。芦屋川（図1）での《デート》の様子を、村上氏はいつになく明け透けに語る。だが、交際相手の詳細について口を割るほど、彼は無神経でも無防備でもない。

高校時代のガールフレンドとの関係は、その後、どうなったのか。プライベートを詮索するようで些《いささ》か気が引けるが、これに関しては別のメールから推測できることがある。洋菓子店アンリ・シャルパンティエについて質問された時の回答である。

本店は兵庫県芦屋市にありまして、昔は（というと30年くらい前です）ベイクト・アラスカなんてここでしか食べられませんでした。よくデートした女の子とここに行ったなというささやかな個人的思い出があります。ほんとうにささやかなんですが。

地震のあとで行ってみたらまだちゃんとやっていて嬉しかった。

（『夢のサーフシティー』[4] 一九九七年一月十四日返信）

【図1】 芦屋川河口部

「30年くらい前」というのは、正確にはいつ頃のことなのか。実は、このメールの三十年前には店舗自体がまだ存在してはいない。アンリ・シャルパンティエ（図２）[5]が芦屋の地に創業したのは一九六九年四月、[6]村上氏が二十歳の時のことである。四九年一月生まれの彼は神戸高校を六七年三月に卒業し、その後の一年を地元の芦屋市立図書館で過ごすことになる。早稲田大学に合格し、上京したのは六八年四月、それでもアンリ・シャルパンティエの開店まで一年がある。もしも、「よくデートした女の子」と「ベイクト・アラスカ」を食べたのだとすれば、二人の関係は、「高校を卒業してほんの数ヵ月」どころか、卒業から優に二年以上も続いていたことになる。

　村上氏が現在の陽子夫人と学生結婚するのは七一年の十月のこと。[7]上京して三年半、アンリ・シャルパンティエ開業からはたった二年半後のことである。大学に入学した彼は「最初の授業で隣りに座ってた」陽子夫人と「二年生ぐらいまでは普通に友だちという感じ」の関係を続けた。「うまくいくまでにはやっぱり何年かかかる」のは、「ぼくにも、つき合っている女のコ」がいたからだ――友人の安西水丸氏を前にした村上氏は、かつて、そう語ったことがある（『村上朝日堂』[8]二一三―一五）。

　大学二年生になった二十歳の村上氏がボストン・バッグを片手に阪神芦屋駅に降り立ったのは、真夏のある昼下がりのこと。春にオープンしたばかりの喫茶アンリ・シャルパン

【図２】 当時の「アンリ・シャルパンティエ」の外観

ティエを見つけた彼は迷いながらも、西側のガラス扉を押したのだろう。店内には公衆電話があったはずだ。一時間後、「ベイクト・アラスカ」（図３）[9]から立ち上る青い炎を、彼の隣りに座って、うっとりと見つめていたのは、やはり……。

【図３】「ベイクト・アラスカ」

もしも、直子にモデルがいるのだとすれば、村上氏が高校時代から卒業後数年に渡って《デート》をした郷里のガールフレンドは極めて有力な候補となる。であれば、例の一節にも疑念を抱かざるを得ない。

三人目の相手は大学の図書館で知り合った仏文科の女子学生だったが、彼女は翌年の春休みにテニス・コートの脇にあるみすぼらしい雑木林の中で首を吊って死んだ。彼女の死体は新学期が始まるまで誰にも気づかれず、まるまる二週間風に吹かれてぶら下がっていた。今では日が暮れると誰もその林には近づかない。

(『風の歌を聴け[10]』九四：傍線筆者)

『風の歌を聴け』に登場する「三人目の相手」のモデルは、実は「最初の女の子」のモデルと同一人物だったのかもしれない。出会いの場を「高校」から「大学の図書館」へと虚構化することによって、「三人目の女の子」は、「最初の女の子」から独立し、おそらく、本来の素性からも隔離されたのだ。

そう考えれば、なぜ村上氏が自身の芦屋市立図書館で過ごした浪人生活について多くを語らず[11]、主人公たちを東京の大学に現役合格させてしまうのかも分からなくもない。もしも、浪人時代のことを語ってしまえば、そこには高校時代からの恋人の素顔が——彼女が女子大生だったにせよ、同じく浪人していたにせよ——登場せざるを得ないからだ。

一方で、なぜリアリズム小説である『ノルウェイの森』において、直子が上京前からの知人に設定し直されたのかも、なぜ直子の自殺を知った僕が傷心旅行中に突如、高校時代の恋人を思い出し、深く悔やむのかも理解できる——「僕は高校三年のとき初めて寝たガール・フレンドのことをふと考えた。そして自分が彼女に対してどれほどひどいことをしてしまったかを思って、どうしようもなく冷えびえとした気持になった」（『ノルウェイの森』下・二二五）。結局のところ、現実の直子は郷里の恋人だったからに違いない。

——もちろん、以上は全て一読者の空想に過ぎないのであるが、もう少しだけ続きを。

仮に、若き日の村上氏の恋愛が、芦屋から神戸を舞台に、高校在学時より長きに渡って続いていたと想定してみよう。すると、次のエッセイに秘められた彼の想いが如何に切ないものであったかを察することができる。紀行『辺境・近境』[12]（一九九八年）に収められた最後のエッセイ「神戸まで歩く」の最終部分である。

故郷を離れて三十年近くが経過した一九九七年、四十八歳になった村上氏は、阪神・淡路大震災後の兵庫県を徒歩で巡る。西宮を出発し、故郷・芦屋を再訪しつつ、「せっかくここまで来たのだから」ということで、母校・神戸高校に足を延ばす。

山の斜面を平らにしてつくられた広いグラウンドでは、女子生徒が体育の授業でハンドボールをやっている。あたりはいやにしんと静まり返っていて、彼女たちの発するときおりのかけ声のほかには、物音はほとんど聞こえない。あまりにも静かなので、何かの加減で間違えた空間のレベルに入り込んでしまったみたいな気がするほどだ。どうしてこんなにも静かなのだろう?

（『辺境・近境』二三六―三七）

女子生徒のかけ声を聞いた村上氏は聴覚に意識を集中させ、視線を遠くに移した後も、あるものを聞き取ろうと耳をそばだてる。

遥か眼下に鈍色に光る神戸港を見おろしながら、遠い昔のこだまが聞こえないものかと、耳をじっと澄ませてみる。でも何も僕の耳には届かない。ポール・サイモンの古い歌の歌詞を借りれば、そこにはただ沈黙の響きが聞こえるだけだ。まあ、しかたない。なにしろすべては三十年以上も前の話なのだから。

三十年以上も前の話――そう、ひとつだけ確実に僕に言えることがある。人は年をとれば、それだけどんどん孤独になっていく。みんなそうだ。

（『辺境・近境』二三七）

もちろん、彼の耳に「遠い昔のこだま」が届くはずはない。なぜなら、彼方の海に彼が聞き取ろうとしたのは、ガールフレンドが発した「遠い昔の」肉声だからだ。高校生の彼女が目の前の校庭（図4）に佇《たたず》んでいたのは、「三十年以上も前」のことなのである。彼は「孤独」について思考を巡らし、ゆっくりと坂道を下る。

ようやく三宮にたどり着いた村上氏は「とくにやりたいことも思いつかなかったので」映画館に入って時間をつぶし、最後に「散歩がてら山の手の小さなレストランまで歩く」。

> ひとりでカウンターに座ってシーフード・ピザを注文し、生ビールを飲む。一人の客は僕しかいない。気のせいかもしれないが、その店に入っている僕以外の人々はみんなとても幸福そうに見える。恋人たちはいかにも仲が良さそうだし、グループでやってきた男女は大きな声で楽しそうに笑っている。たまにそういう日がある。
>
> （『辺境・近境』二四一）

【図4】 神戸高校のグラウンド越しの神戸港

そこで彼が再び味わうことになったのは、過去の甘酸っぱい思い出ではなく、現在の砂を噛むような寂寥《せきりょう》感である――「I only felt lonely, you know.」(『ノルウェイの森』上・六)。

神戸を巡る村上氏は、心ひそかに三十年前のガールフレンドに会おうとしていたのだろう。アカプルコからノモンハンへと、世界の「辺境」を巡ってきた旅の終着点が、神戸・三宮の「近境」、ピッツァ・ハウス「ピノッキオ」(図5)であったのは決して偶然ではない。村上氏の長い旅路は、そこで得られる一枚の紙片をもって、ようやく終わりを迎えるのだ。

> 運ばれてきたシーフード・ピザには「あなたの召し上がるピザは、当店の958,816枚目のピザです」という小さな紙片がついている。その数字の意味がしばらくのあいだうまく呑み込めない。958,816? 僕はそこにいったいどのようなメッセージを読み取るべきなのだろう?
>
> (『辺境・近境』二四一)

958,816――紙片に印字された六桁の数字(図6)を前にして、村上氏はその「数字の意味」に思索をめぐらす。しかし、彼をもってしても、現実の世界で提示された数字に「メッセージ」を読み込むことは困難なようだ。1968.5.8?――それが『ノルウェイの森』において、上京した僕が直子に再会を果たす日付の数日前であるのは、もちろん、気のせいなのだろう。[13]

そういえばガールフレンドと何度かこの店に来て、同じように冷たいビールを飲み、番号のついた焼きたてのピザを食べた。僕らは将来についていろんなことを話した。そこ

【図5】 ピッツァ・ハウス「ピノッキオ」

【図6】「ピノッキオ」の紙片(二〇一七年一月七日来店)

で口にされたすべての予測は、どれもこれも見事に外れてしまったけれど……。でもそれは大昔の話だ。まだここにちゃんと海があって、山があった頃の話だ。

いや、海も山も今だってちゃんとある。もちろん。僕が話しているのは今ここにあるのとは別の海と、別の山の話なのだ。二杯目のビールを飲みながら、『日はまた昇る』の文庫本のページを開き、続きを読む。失われた人々の、失われた物語を。僕はすぐにその世界に引き込まれる。

（『辺境・近境』二四一―四二）

彼女が喪失した未来と、芦屋の消失した海に思いを馳せた後で、二杯目のビールを注文した彼は『日はまた昇る』の頁をめくり始める。「あなたがたはみんな失われた世代ね」――エピグラフには、そんな言葉が引かれている。[14]
この時、村上氏の視線は幾度となく、三角形の紙片に刻印された数字の上を彷徨《さまよ》ったことだろう。そこには、昔のガールフレンドと二人で分け合ったピザの数字が――それが幾つであったかは忘れ去られたとしても――確実に秘められているのだ。スペインの牛追い祭りを舞台とする「失われた人々の、失われた物語」から目を離せば、手元の数字の中に、黄昏時《たそがれどき》の神戸の街を《デート》する一組のカップルが幻視されたに違いない。彼が本当に「引き込まれ」ていたのは、「失われた」彼女の、「失われた物語」の方であったはずだ。

どれほど「辺境」へ逃れようとも、「近境」の呼び声に抗うことはできない。

次の瞬間、重厚な木製扉がゆっくりと開く。視線を上げると、そこに現れたのは、あの日のままの……。――「ムラカミ君、久しぶりやね」

【図7】「ピノッキオ」内観

1　村上春樹『ノルウェイの森』（講談社、一九八七年）上・一七頁。「本当にいつまでも私のことを忘れないでいてくれる?」こう尋ねた直子に僕はこう答える。「いつまでも忘れないさ」「君のことを忘れられるわけがないよ」。
2　村上春樹『風の歌を聴け』（講談社、一九七九年）。
3　村上春樹『スメルジャコフ対織田信長家臣団』（朝日新聞社、二〇〇一年）。
4　村上春樹『夢のサーフシティー』（朝日新聞社、一九九八年）。
5　アンリ・シャルパンティエ公式ページより。http://www.henri-charpentier.com/story/
6　アンリ・シャルパンティエの「2016-2017 総合ギフトカタログ」に、「一九六九年四月、アンリ・シャルパンティエは、デザートが食べられる小さな喫茶店として阪神芦屋駅前に誕生しました」とある。
7　村上春樹の伝記的事実に関しては、ジェイ・ルービン『ハルキ・ムラカミと言葉の音楽』（新潮社、二〇〇六年）三二一―三五頁を参照。
8　『村上朝日堂』（新潮文庫、一九八七年）。
9　「ベイクト・アラスカ」の写真は、喫茶アンリ・シャルパンティエの一九八五年版メニューに掲載されていたもの。現在は提供されていない。
10　『風の歌を聴け』から『ダンス・ダンス・ダンス』に至る四部作の主人公は一九四八年十二月生まれ。翌四九年一月生まれの村上氏本人と同学年に当たるが、浪人はしておらず、大学入学年が一年早い。『ノルウェイの森』の主人公は大学入学年が村上氏本人と同じ、六八年であるが、生まれは一学年下であり、浪人はしていない。

11　例外的に、浪人時代を詳しく語ったものに、「ヒエラルキーの風景」というエッセイがある。ここには「国立大学に入ってくれ」と親に言われ、「芦屋市立図書館の読書室でうとうとと居眠り」をしていたと書かれている。しかし、勉学面以外のことは一切触れられていない。『やがて哀しき外国語』（講談社、一九九四年）二四五―四六頁。もうひとつの例外は「旅行先で映画を見ることについて」というエッセイ。十八歳の村上氏が、「受験勉強が嫌になって」九州に渡り、映画館に入った時の顛末が語られる。こちらも、芦屋の日常からは遠く隔てられたエピソードである。『村上朝日堂』（新潮文庫、一九八七年）八七―八八頁。

12　村上春樹『辺境・近境』（新潮社、一九九八年）。

13　『ノルウェイの森』で、中央線に乗った語り手が、偶然、直子の姿を見つけて声をかけたのは、「五月半ばの日曜日の午後」のことだとされる（上・三二―三三頁）。一九六八年五月十一日か十八日のことだ。

14　ヘミングウェイ『日はまた昇る』（岩波文庫、一九九〇年）八頁。

第四章

『世界の終りとハードボイルド・ワンダーランド』と《転換》の詩学

天上で輝く星、
岸に打ち寄せる海、
革命家と結婚したクラスメイト

晴海埠頭

僕はもう一度考えてみた。今度はほんの少しではあるけれど記憶の片隅に何かがひっかかっているのが感じられた。

「カリフォルニア・ガールズ……ビーチ・ボーイズ……どう思い出した？」

「そういえば5年ばかり前にクラスの女の子にそんなレコードを借りたことがあるな。」

――『風の歌を聴け』

『世界の終りとハードボイルド・ワンダーランド』[1]（一九八五年）は、技巧的に改変された小説である。たとえば、主人公が熾烈な情報戦争に巻き込まれる〈ハードボイルド・ワンダーランド〉パートと、彼の脳内に広がる静謐な街を描いた〈世界の終り〉パートが章ごとに入れ替わる複層構造は、本作に導入された新機軸だ。その作業工程を精査するにあたり、我々は原型となった中編『街と、その不確かな壁』[2]（図1）を何としても——図書館の薄暗い書庫に潜入してでも——参照せねばならない。

【図1】『街と、その不確かな壁』

村上は中編小説『街と、その不確かな壁』を雑誌『文學界』（一九八〇年九月号）に発表した後、今日に至るまで、いかなる媒体にも再録することを許可してはいない。いわば、この〈削除〉された作品について、彼は後年、こう証言している。

> 僕はこの『街とその不確かな壁』という小説を『1973年のピンボール』のあとで書いたのだが、このテーマでものを書くのはやはりまだ時期尚早だった。それだけのものを書く能力がまだ僕には備わ

っていなかったのだ。そのことは書き終えた時点で自分でもわかった。僕は自分がやってしまったことについてはあまり後悔をしないほうだけれど、この小説を活字にしたことについては今でも少なからず後悔している。

（「『自作を語る』はじめての書下ろし小説」[3] V頁）

なぜ、村上は『街と、その不確かな壁』を書いたことを「時期尚早」であったとし、発表したことを「後悔」しているのか。

『街と、その不確かな壁』の欠陥について具体的な言及をしてこなかった村上が、作品に内在する問題点を直截《ちょくせつ》に――それでも十分、婉曲的だが――語っている場面が、村上龍との対談集『ウォーク・ドント・ラン』[4]（一九八一年）の中にある。当時、新進気鋭の作家だった両・村上によるこの対談は、まさに春樹が幻の第三作『街と、その不確かな壁』を発表した一九八〇年に行われた。

龍　……で、ぼくは『ピンボール』と『風の歌』と、『街とその不確かな壁』でしたっけ、あれはね、おそらく対なはずの作品じゃないかと思うわけ。ただ『風の歌』と『ピンボール』がさ、けっこう強固でね。だから、まあ、枚数とか、そういうのはまったく関係ないけれども、ぼくは裏地としての『街とその不確かな壁』の続篇とかね、あれに類するものをもっともっと書いたほうがいいと思うんですよね、ぼくは、あれだけじゃちょっと弱いし、下手すると見すかされるんじゃないかという気がするんです。もっと違うんじゃないかってぼくは思っているんですけどね。

春樹　うん、それはある。ちょっと無防備すぎるところがある。

龍　うん。

（『ウォーク・ドント・ラン』一〇六：傍線筆者）

この段階で続編執筆を勧めている龍の恐るべき批評眼もさることながら、注目すべきは、彼が『街と、その不確かな壁』を評して言った「下手すると見すかされる」という言葉である。実際、それで何を意図したのかは明らかではないが、龍が絞り出す多くの言葉の中から、春樹が「見すかされる」というフレーズに反応したという事実は見逃すわけにはいかないだろう。春樹はこう述べている。「ちょっと無防備すぎるところがある」と。[5]

『街と、その不確かな壁』を「無防備」だとみなした村上は、それを言わば〈改竄〉し、五年の歳月を経て、傑作『世界の終りとハードボイルド・ワンダーランド』を発表する。龍との対談で露呈したように、当時の村上には何か「防備」すべきものがあったはずだ。それを「見すかされ」ないようにすること。そのために彼が取った戦略は、大切な何かを別の何かに《転換》することであった――これが本章の仮説である。
情報の《転換》――それが〔ハードボイルド・ワンダーランド〕の主人公・私が従事する「計算士」の職務だ。

私は与えられた数値を右側の脳に入れ、まったくべつの記号に転換してから左側の脳に移し、左側の脳に移したものを最初とはまったく違った数字としてとりだし、それをタイプ用紙にうちつけていくわけである。これが洗いだしだ。ごく簡単に言えばそういうことになる。転換のコードは計算士によってそれぞれに違う。（四八―四九：傍線筆者）

「計算士」は重要なデータを「防備」する為に、右脳と左脳の接地面の「ギザギザ」（図2）を利用してデータの《転換》を行う。一方で、ライバル関係にある「記号士」は、各「計算士」たちの脳の構造に由来する「転換のコード」を割り出し、元のデータを復元しようと暗躍する。

……記号士たちはコンピューターから盗んだ数値に仮設ブリッジをかけて解読しようとする。つまり数値を分析してホログラフにそのギザギザを再現するわけだ。それはうまくいくときもあるし、うまくいかないときもある。我々がその技術を高度化すれば彼らもその対抗技術を高度化する。我々はデータを守り、彼らはデータを盗む。古典的な警察と泥棒のパターンだ。（四九）

ここで「警察」と「泥棒」に喩えられる「計算士」と「記号士」は、本作を巡って対立する作者と読者の喩でもある。本章では、不本意ながらも「泥棒」となって、『世界の終りとハードボイルド・ワンダーランド』を生み出した村上の「ギザギザ」が如何なる形状であったのかを正確に再現せねばならない。読者が「記号士」に一歩先んじている点があるとすれば、《転換》される前のデータである『街と、その不確かな壁』へのアクセス権が辛うじて担保されていることである。

しかし、まずは「記号士」にならって「仮説ブリッジ」をかけてみよう。『世界の終りとハードボイルド・ワンダーランド』の冒頭に、作者の「転換のコード」らしきものが埋め込まれているのだ。

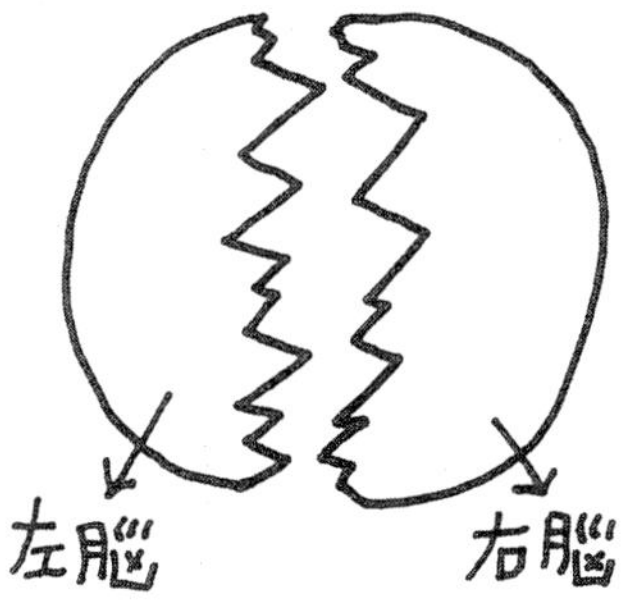

【図2】 脳の「ギザギザ」（四九頁）

「The End of the World」の《転換》

『世界の終りとハードボイルド・ワンダーランド』の最初の頁には、エピグラフとして一編の詩が引かれている。

太陽はなぜ今も輝きつづけるのか
鳥たちはなぜ唄いつづけるのか
彼らは知らないのだろうか
世界がもう終ってしまったことを

"THE END OF THE WORLD"

詩の引用に付された出典には、「The End of the World」とある。米国の女性歌手スキーター・デイヴィス（図3）[6]が一九六二年に発表した曲「この世の果てまで」の原題だ。

しかし、この美しく完結したエピグラフに、ある改変が施されていることは余り知られていない。エピグラフの問題を探求した唯一の研究者・宮川健郎は、「この歌には、まだつづきがある」とした上で、「Cause you don't love me any more（なぜならあなたがもう私を愛さないから）」という一行の存在を指摘した。[7] しかし、この歌詞の改変は、もう少し複雑な問題を孕《はら》んでもいるようだ。オリジナルの歌詞[8]を以下に引用しよう。

Why does the sun go on shining
Why does the sea rush to shore
Don't they know it's the end of the world
'Cause you don't love me any more

Why do the birds go on singing
Why do the stars glow above
Don't they know it's the end of the world
It ended when I lost your love

【図3】 スキーター・デイヴィス

1 なぜ太陽は輝き続けるのか
2 なぜ海は岸に打ち寄せるのか
3 彼らは世界が終ったことを知らないのか
4 あなたが私をもう愛していないのだから

5 なぜ鳥は歌い続けるのか
6 なぜ星は天上で輝くのか
7 彼らは世界が終ったことを知らないのか
8 あなたの愛を失った時に世界は終った

（傍線筆者）

村上のエピグラフと原詩を比べてみよう。まず、原詩の二行目「なぜ海は岸に打ち寄せるのか」という歌詞がエピグラフの中にない。代わりにエピグラフの二行目に入るのは、原詩の五行目にあたる「なぜ鳥は歌い続けるのか」である。（原詩六行目の「なぜ星は天上で輝くのか」という行もまたエピグラフの中にはない。）その一方で、エピグラフの三、四行目は、原詩の三行目（あるいは七行目）を分割して二行分にしたものである。その結果、原詩の四行目、八行目の内容もエピグラフの中には存在しないことになる。つまりエピグラフの四行は下線を引いた原詩三行を巧みに組み合わせて作られたものなのだ。

以上の改変は、こう概括することもできるだろう。すなわち、村上は、エピグラフを書く際に、岸に打ち寄せる「海」と、天上で輝く「星」、そして、世界が終わった理由の三点を〈削除〉し、更に、緊密に構成された原詩の四行連句の行数を形式的に保持するため、一行を二つに分割するという〈改竄〉を行ったのだ、と。

もちろん、村上は単純に歌詞を誤って記述しただけなのかもしれない。『世界の終りとハードボイルド・ワンダーランド』が発売されて十五年が経過した二〇〇〇年に、彼は「The End of the World」の歌詞についてこう述べている。

歌詞の内容は「あなたが去ってしまったときに、もう世界は終わってしまったのに、どうしてみんなはそれに気づかないの？　どうして鳥はまだ鳴き続けているの？」というものです。でもさ、そんな個人的な精神状況を世界全般に普遍されても困りますね。鳥だって困っちゃいます。

（『そうだ、村上さんに聞いてみよう』[9]　二一五）

村上には、この歌の「鳥」のイメージが強いようで、執筆当時の彼がその印象に引きずられて、鳥に関する一行をエピグラフに誤引用した可能性はある。しかし、その一方で、エピグラフから排除された、世界が終わった理由――「あなたが去ってしまった」――は、幾分、茶化されてはいるものの、テーマの中心をなすものとして明確に言及されてもいる。やはり、エピグラフの改変は村上の意図的なものであったと考えざるをえないのだろう。というのも、本文を読み進めていくと、そこに歌詞の改変というテーマそのものが見出されることになるからだ。〔ハードボイルド・ワンダーランド〕パートの主人公・私が、博士の孫娘と地下水路を歩いている場面である。

「唄いなさいよ。いいから」
しかたなく私は『ペチカ』を唄った。

雪の降る夜は　楽しいペチカ
ペチカ燃えろよ　お話しましょ
昔々よ
燃えろよペチカ

そのあとの歌詞は知らなかったので、私は適当な歌詞を自分で作って唄った。みんなでペチカにあたっていると誰かがドアをノックするのでお父さんが出てみると、そこに傷ついたとなかいが立っていて「おなかが減っているんです。何か食べさせて下さい」というのだ。それで桃の缶詰をあけて食べさせてやる、といった内容だった。最後はみんなでペチカの前に座って唄を唄うのだ。（三二五）

娘の要求はこれに留まらない。

「もう一曲唄って」と娘が催促した。
それで私は『ホワイト・クリスマス』を唄った。

夢みるはホワイト・クリスマス
白き雪景色
やさしき心と
古い夢が
君にあげる
僕の贈りもの

……………………………………………………

「とてもいいわ」と彼女が言った。「その歌詞はあなたが作ったの?」
「でまかせで唄っただけさ」
(三二六)

主人公は『ペチカ』に続いて『ホワイト・クリスマス』の歌詞も難なく改変してみせる。彼はこの時、オリジナルな歌詞を〈削除〉し、新たな創作をしただけではない。そこには確かに〈改竄〉とも呼べる要素がある。主人公が「でまかせで唄った」ことを白状したのは、娘に「その歌詞はあなたが作ったの?」と問われた後のことである。天才的なアドリブの力を誇示するでもなく、ポーカー・フェイスを装う主人公の背後には、素知らぬ顔でエピグラフを〈改竄〉した村上の姿がおぼろげに浮かぶ[10]。

村上のエピグラフ改変が意図的であるとする根拠は、このほかに本文の外にも見出すことができる。それは著作権に関わる問題である。「The End of the World」の歌詞を引用するには、当然のことながら、著作権料が発生する。実際、この小説の最終頁には「日本音楽著作協会(出)許諾番号第846220-401」から始まる一文が付されていることから、出版社が著作権料を払っていることが分かる。歌詞の改変がどのように見逃されたのかは不明だが、翻訳物は厳密な判断基準を設けるのが難しいのかもしれない。しかし、ここに不都合な問題が生じるのは、英語版が出版される場合である。村上の改変した歌詞を英語で掲載した場合、それが原詩と異なることは誰の目にも明らかであり、おそらく著作権の許諾は困難となるだろう。この問題をクリアするためであろうか、実は英語版 *Hard-boiled Wonderland and the End of the World*（1991）では、エピグラフそのものが削除された形で出版されている。[11] この件は、翻訳者の独断だとは考えにくく、おそらく村上も了解済みであるはずだ。だとすれば、やはり、エピグラフの詩が原詩とは違うことを村上が知らなかったと想定することは難しいだろう。

では、村上のエピグラフ改変が意図的であったとして、その目的は一体、何だったのだろう。もちろん、作者一流の遊び心に過ぎないと考えることもできる。なにしろ、処女作『風の歌を聴け』（一九七九年）の末尾で、架空の作家ハートフィールドに関する研究書「不妊の星々の伝説」（The Legend of the Sterile Stars: 1968）への謝辞を描いてデビューした村上である。[12] また、現に本書『世界の終りとハードボイルド・ワンダーランド』の巻末に付した参考文献リストには、架空の人物・牧村拓《ひらく》（Haruki Murakami のアナグラム）が翻訳した書籍『動物たちの考古学』が挙げられている。ただ、本作のエピグラフの改変に関しては、そこに存外、村上の深い企みが秘められている気がしてならない。精巧に作り込まれた冒頭のエピグラフは、〈削除〉と〈改竄〉によって《転換》された『世界の終りとハードボイルド・ワンダーランド』全体の縮図として機能しているのではないか――というのが、本論の見立てである。

打ち寄せる「海」の《転換》

「なぜ海は岸に打ち寄せるのか」――このフレーズを村上がエピグラフから意図的に〈削除〉した理由は何なのだろうか。即座に思い浮かぶ回答は、「海」のモチーフが作品内に登場しないから、というものだ。

確かに、『世界の終りとハードボイルド・ワンダーランド』は、「海」ではなく、「川」のイメージを中心に構成された小説だとも言える。[13] たとえば、本書の奇数章を成す〈ハードボイルド・ワンダーランド〉の世界では、博士の研究室がオフィスビルの隠し扉から続く川の上流にあることをはじめ（三章）、コーヒー・スタンドに貼られた観光ポスターはフランクフルトの川辺の風景を写し（十三章）、ベン・ジョンソンが馬を駆る荒野には川が流れ（二十一章）、レファレンス係の女性は河川の汚染に関する研究会をキャンセルし（三十一章）、ボブ・ディランは「ウォッチング・ザ・リヴァー・フロー」を歌い（三十三章）、ゲームセンターでは戦車隊が川を渡って攻め込んでくる（三十五章）。一方で、偶数章の〈世界の終り〉パートも「海」を意図的に排除した世界で成り立っている。主人公・僕が暮らす壁に囲まれた街は、東から西に流れる一本の川によって南北に分かたれているのだが（四章）、その先にあるはずの海は存在せず、不自然なカーブで進路を南に曲げた川は「たまり」に流れ込むことになる（図４）[14]。

〔世界の終り〕パートのこの不吉な「たまり」こそが、本書における〈改竄〉された「海」の姿なのかもしれない。「たまり」の地下では強い水流が起きていて、すべてのものを地下洞窟に飲み込んでしまうと信じられているのだが（十二章）、その噂が虚偽であるという確信に至った主人公の影は「たまり」に飛び込み、命懸けで街からの脱出を図る（四十章）。表面的には波ひとつ立てることのない「たまり」は、その深層において「海」とつながっている――その可能性を残して本書は幕を閉じる。

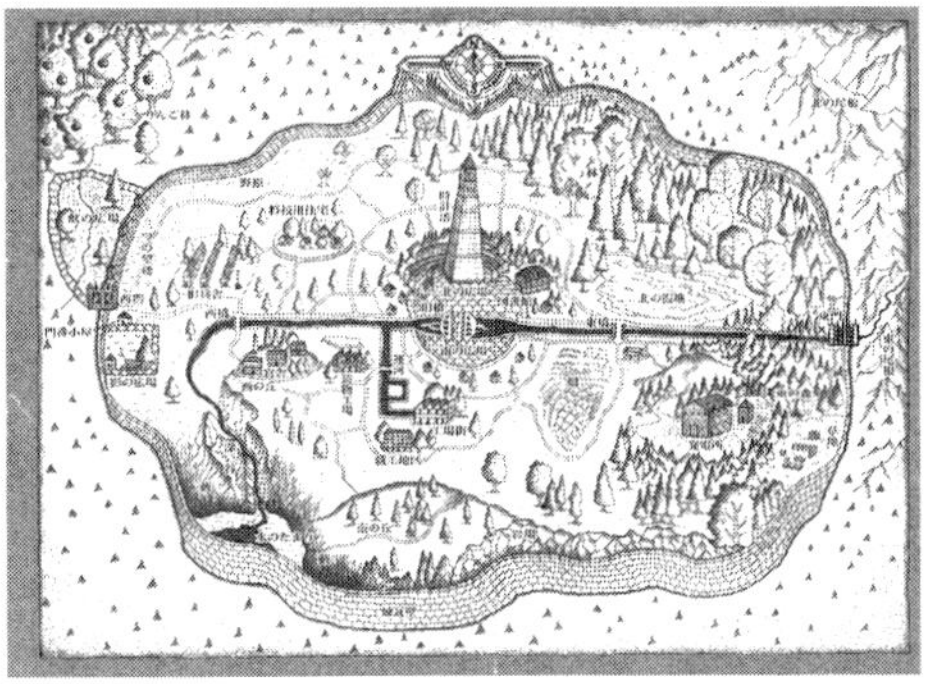

【図４】〔世界の終り〕の街

一方で、〔ハードボイルド・ワンダーランド〕パートには、最終章に至って、本物の「海」が登場することになる。私は、わざわざ晴「海」埠頭に車を走らせ、そこで「海」を眺めながら昏睡状態に陥るのだ（三十九章）。その伏線として、初めて「海」が主人公の意識にのぼるのは、直前の三十七章のこと、ベッドの中で人生最後の朝を迎えようとしている彼と、図書館で知り合ったレファレンス係の女性の会話を引用しよう。


「私のことを知りたいの?」と彼女が訊いた。……

「いや」と私は言った。「今はいい。少しずつ知りたい」

「あなたのことも少しずつ知りたいわ」

「海の近くで生まれたんだ」と私は言った。「台風が去った次の朝に海岸に行くと、浜辺にいろんなものが落ちていた。波で打ちあげられたんだ。想像もつかないようなものが、いっぱい見つかる。瓶やら下駄やら帽子やら眼鏡ケースから椅子・机に至るまでなんだって落ちているんだ。どうしてそんなものが浜辺に打ちあげられるのか、僕には見当もつかない。でもそういうのを探すのがとても好きで、台風が来るのが楽しみだった。たぶんどこかの浜に捨てられていたものが波でさらわれて、それがまた打ちあげられるんだろうね」

(五七六:傍線筆者)


主人公が脈絡を無視して延々と語り続ける幼少期の思い出は、単なる「海」の記憶ではない。彼の語りに耳を傾けると、様々な物を浜に「打ちあげ」る波に焦点が絞られていることが分かる。その背後に、〈削除〉された一行「なぜ海は岸に打ち寄せるのか」が隠されていることは疑いようがないだろう。

浜辺に物が「打ちあげ」られるというモチーフは小説『世界の終りとハードボイルド・ワンダーランド』において決定的な意味を持っている。なぜなら、それは〔世界の終り〕パートの終局において、「たまり」に飛び込んだ主人公の影が〔ハードボイルド・ワンダーランド〕の現実に帰還することを、微かにではあるが、予示するからだ。にもかかわらず、村上はそれを明示する一行「なぜ海は岸に打ち寄せるのか」をわざわざエピグラフから〈削除〉したことになる。その理由は何なのだろうか。

天上で輝く「星」の《転換》

エピグラフから〈削除〉されたのは「海」だけではない。本来ならエピグラフの二行目に収まるはずだった、天上で輝く「星」もその存在を抹消されている。実際、六百頁を越える長大な小説の中で、「星」はただの一度も、その姿を現すことがない。

ある歌の歌詞においては、「星」をめぐるフレーズすら巧妙に〈削除〉されているようでもある。主人公・私が、図書館のレファレンス係の女性と初めて夜を共にした時のこと、彼が口ずさむ歌詞に注目されたい。

彼女が全裸でベッドを出て、キッチンでウォッカ・トニックを作っているあいだに、私は『ティーチ・ミー・トゥナイト』の入ったジョニー・マティスのレコードをプレイヤーに載せ、ベッドに戻って小さな声で合唱した。……「空は大きな黒板《ザ・スカイ・ザ・ブラックボード》で――」と唄っていると、彼女が二杯の飲み物を一角獣についての本の上にトレイがわりにのせて戻ってきた。（一三四）

レコードが終るとフル・オートマティックのプレイヤーの針が戻り、ジョニー・マティスのＬＰをもう一度頭から演奏しなおした。それで私はまた「空は大きな黒板《ザ・スカイ・ザ・ブラックボード》で――」と口ずさむことになった。（一三六）

主人公がレコードに合わせて口ずさんだとされる歌詞は、サビの出だしの一節と省略記号のダッシュで表現される。では、「空は大きな黒板《ザ・スカイ・ザ・ブラックボード》で」の続きで私は何を歌ったのだろうか。『ティーチ・ミー・トゥナイト』の歌詞を引用しよう。夜空を黒板に見立てたロマンチックなラブ・ソングである。[15]

The sky's a blackboard high above you,

If a shooting star goes by,
I'll use that star, to write "I LOVE YOU,"
A thousand times across the sky.

空は大きな黒板で　君の頭の遥か上
流れ星ひとつ降ってきたなら
その星で僕は書くんだ「愛してる」って
一千回でも空いっぱいに
（傍線筆者）

主人公が口ずさんだフレーズとして記述されるのは傍線部のみである。その続きの「星」に関わる歌詞は、本文から――その存在を示すダッシュを残して――消去されている。もちろん、これは偶然に過ぎないのかもしれない。

しかし、次の引用は「星」の存在が本作から意図的に〈削除〉されていることを示す揺るぎない証拠となるだろう。

「外は晴れているかな？」と私は前を行く娘に訊いてみた。

「さあどうかしら？　わからないわ。わかるわけないでしょう？」と娘は言った。

「天気予報は見なかった？」

「そんなの見なかったわ。だって私は一日中あなたの家を探しまわっていたんだもの」

私は昨夜家を出たとき空に星がでていたかどうか思いだそうとしたが、駄目だった。私が思いだせるのはスカイラインに乗ってデュラン・デュランをカー・ステレオで聴いていた若い男女の姿だけだった。星のことはまるで思いだせない。考えてみればこの何カ月というもの星を見上げたことなんて一度としてないのだ。もし三カ月ばかり前から星が全部空から引き払っていたとしても私は全然それに気づかなかったにちがいない。


（四六三：傍線筆者）

主人公は天気を予測するために「空に星がでていたかどうか思いだそうとした」上で、わざわざ「この何カ月というもの星を見上げたことなんて一度としてない」のだと述べる。彼の「星が全部空から引き払っていたとしても」という荒唐無稽な仮定は、作者が本作に施した「星」の〈削除〉への自己言及であるのかもしれない。更に、この日の夜の主人公の様子を確認すれば、村上が行《おこな》った「星」の〈削除〉がいかに周到であるかが分かるはずだ。

私は外に停めた車のところまで行き、後部座席からスポーツバッグをとって戻ってきた。十月のはじめのおだやかで気持の良い夜だった。空を覆っていた雲はところどころで切れて、そのあいだから満月に近い月が見えた。明日はどうやら良い天気になりそうだった。　（五五九）

実際に夜空を見上げた私は「月」によって天気の予測を行い、その周囲に点在するはずの「星」に一切の言及をしない。「星」に関しては、その不在についてしか語られないのである。

村上はなぜ不在の「星」を描くのか――その理由は、逆説的であるが、「星」を出現させるためである、と答えることになるだろう。物語が佳境に差し掛かった時、〈世界の終り〉パートで、『ダニー・ボーイ』を演奏した僕は一角獣の頭骨が光るのを目にする。そこに格納された図書館の女の子の心を遂に見つけたのだ。

僕が手風琴をはずしてしまったあとでも、彼女は目を閉じて、僕の腕を両手でじっと握りしめていた。彼女の瞳からは涙が流れていた。僕は彼女の肩に手を置いて、その瞳に唇をつけた。涙はあたたかく、やわらかな湿り気を彼女に与えていた。ほのかな優しい光が彼女の頬を照らし、彼女の涙を輝かせていた。しかしその光は書庫の天井に吊された薄暗い電灯のものではなかった。もっと星の光のように白く、あたたかな光だ。
（五六七：傍線筆者）

この出来事に呼応して〈ハードボイルド・ワンダーランド〉パートの主人公・私も次章で頭骨が光るのを目にする。

「テーブルの上を見て」と彼女は言った。
私はテーブルの上を見た。……テーブルの上でクリスマス・ツリーのように光っているのは私が持ってきた一角獣の頭骨だった。光が頭骨の上に点在しているのだ。ひとつひとつの点は微小なものだったし、光自体もそれほど強いものではなかった。ただその小さな光が頭骨の上にまるで満天の星のように浮かんでいるのだ。
（五七〇―七一：傍線筆者）

作品のクライマックスで一角獣の骨が放つ光は、共に「星」のメタファーで描写される。その不在が強調されてきた「星」が、〈改竄〉を施された上で、頭骨の光として出現していることには注目しておいてよいだろう。ここに現れたのは「星」そのものではなく、頭骨が放つ「星」のような光なのである。

村上自らがエピグラフから〈削除〉した一行「なぜ星は天上で輝くのか」は、「なぜ海は岸に打ち寄せるのか」という一行と共に、小説の大きなテーマとして活用されている。作品が終盤に至り、〔ハードボイルド・ワンダーランド〕の主人公にとって〔世界の終り〕が近づいた時に、それまで徹底的に存在を消去されてきた「海」と「星」が、突如として出現するのである。[16]

エピグラフから〈削除〉された大切なモチーフは存在しないのではない。登場すべきタイミングを見定めようと、作品の背後で静かに息を潜めているのだ。それらがテキストの表面に現れた決定的瞬間を――その姿がどんなに〈改竄〉されていようとも――読者は見逃してはならない。それが《転換》された小説『世界の終りとハードボイルド・ワンダーランド』を読み解くためのポイントなのだろう。

失われた愛の《転換》

世界が終わった理由――それがエピグラフから〈削除〉された、もうひとつの要素である。原詩を参照すると、三行目、あるいは七行目の「彼らは世界が終ったことを知らないのか」に続く一行で、その理由が説明されていることが分かる。「あなたが私をもう愛していないのだから」、あるいは「あなたの愛を失った時に世界は終った」のだと。

エピグラフから「失った」「愛」に関する歌詞が〈削除〉されたことは、本作に失恋のテーマが存在しないことを意味するわけではない。「海」と「星」の例でも見てきたように、実際は、むしろ、その逆だと言える。小説の序盤では本文から排除されていたこのテーマが、終盤になって浮上してくるのだ。その予兆として重要なのは、博士の孫娘が主人公に言った台詞である。妻と別れ、恋人も作らず、自分だけの完結した世界に充足する主人公に彼女はこんなことを口にする。

「でも愛というものがなければ、世界は存在しないのと同じよ」と太った娘は言った。「愛がなければ、そんな世界は窓の外をとおりすぎていく風と同じよ。手を触れることもできなければ、匂いをかぐこともできないのよ。どれだけ沢山の女の子をお金で買っても、どれだけ沢山のゆきずりの女の子と寝ても、そんなのは本当のことじゃないわ。誰もしっかりとあなたの体を抱きしめてはくれないわ」

「そんなにしょっちゅう女の子を買ったり、ゆきずりで寝てるわけじゃないさ」と私は抗議した。

（三二一：傍線筆者）

博士の孫娘の台詞「愛というものがなければ、世界は存在しない」は、「The End of the World」の中の一節「あなたの愛を失った時に世界は終った」とほぼ同義である。冒頭のエピグラフから〈削除〉された、このテーゼは、物語が後半に入った二十一章に至って、作品内に明示的に導入されるのだ。

更に、「愛というものがなければ」という言葉が何を意味するのかには、注意すべきだろう。博士の孫娘がこの台詞を口にする直前、彼女は自分の両親と兄弟が交通事故で死んだ日の出来事を克明に描写しており、その上で彼女は私にこう問うのである。[17]

「……それはまるで――私にとっての世界の終りのようなものだったのよ。暗くてつらくてさびしくてたまらなく誰かに抱きしめてほしいときに、まわりに誰も自分を抱きしめてくれる人がいないというのがどういうことなのか、あなたにはわかる?」

「わかると思う」と私は言った。

「あなたは愛する人をなくしたことがある?」

「何度かね」

（三三一：傍線筆者）

「愛する人をなくしたことがある?」――娘の問いを音声で聞いた主人公には、彼女が単なる失恋の経験を問うているようにも聞こえただろう。実際、主人公の返答「何度かね」というのは、そういう解釈をあえて採ったことを示唆するのかもしれない。しかし、平仮名表記の「なくした」が〈亡くした〉を響かせていることは、文脈を考慮すれば疑いようのないことだ。娘が口にする「愛というものがなければ、世界は存在しない」というテーゼは、〈愛する人を亡くした〉ら、という前提から決して逃れることはできない。

　削除された一行「あなたの愛を失った時に世界は終った」（原詩八行目）――それこそが、村上が『街と、その不確かな壁』で「無防備に」表現してしまったテーマである。そして『世界の終りとハードボイルド・ワンダーランド』で〈削除〉と〈改竄〉を用いて――その手法は時に「星」や「海」といった周辺的なものを巻き込みながら援用されるのだが――巧妙に隠そうとしたものこそが、〈喪われた恋人〉なのだ。

〈喪われた恋人〉の存在が初めて明らかにされたのは、処女作『風の歌を聴け』でのことである。

　三人目の相手は大学の図書館で知り合った仏文科の女子学生だったが、彼女は翌年の春休みにテニス・コートの脇にあるみすぼらしい雑木林の中で首を吊って死んだ。彼女の死体は新学期が始まるまで誰にも気づかれず、まるまる二週間風に吹かれてぶら下がっていた。今では日が暮れると誰もその林には近づかない。

（『風の歌を聴け』九四：傍線筆者）

この時の素っ気ない筆致は、決して、語り手・僕が抱く彼女への想いの強さを反映したものではない。もう一度だけ彼女に会いたい――祈りにも似たその願いが、もしも、成就されるのだとしたら、それは「図書館」という場所であったに違いない。

今や幻の作品となった『街と、その不確かな壁』は、主人公・僕が〈喪われた恋人〉に会うために図書館へと赴《おもむ》く、一種の冥府下りの物語である。その原点にはこんな場面がある。ある夏の夕暮、まだ彼女が生きていた頃のこと、二人は「微かに星が瞬きはじめ」た空の下、流れる川を見つめながら、こんな会話を交わしていたのだ。

本当の私が生きているのは、その壁に囲まれた街の中、と君は言う。でも十八年かかったわ、その街を見つけだすのに。そして本当の私を見つけだすのに……

「その街で本当の君は何をしているの？」

「図書館に勤めてるわ」と君は得意気に言う。「仕事は夕方の六時から十一時までよ」

「そこに行けば君に会えるのかい？」

「ええ、もちろんよ。あなたにその街をみつけることさえできればね。そしてもし……」

君はそこで口をつぐみ、顔を赤らめる。でも僕にはことばにならなかった君のことばを感じとることができる。

そしてもし、あなたが本当に私を望むのなら。それが君のことばだ。僕は君の肩を抱く。

(『街と、その不確かな壁』四八―四九)


その後、「壁」に囲まれた「街」を訪れることになった僕は、死んだはずの君の姿を図書館で見つけることになる。


貸出室には物音ひとつしない。……僕はベンチに腰を下ろし、琺瑯のカップでやかんの熱いコーヒーを飲みながらそれとなく君を眺めつづける。君は何ひとつ変ってはいない。あの夏の夕暮そのままだ。

「どこかであなたに会ったことはなかったかな?」と僕はかまをかけてみる。

君はカウンターの上の古いノートから顔を上げ、しばらく僕の顔をみつめ、そして首を振る。

「いいえ、残念だけど」君の微笑みはいつまでも消えない。

（『街と、その不確かな壁』五四）

冥府下りの設定自体は、《転換》された小説『世界の終りとハードボイルド・ワンダーランド』にも、概《おおむ》ね引き継がれることとなる。〈世界の終り〉パートで、「壁」に囲まれた「街」の図書館を訪ねた僕は、やはり、ある女の子に出会うのだが、僕には彼女の微かな記憶がある。再び、『世界の終りとハードボイルド・ワンダーランド』に戻ろう。

「君の影のことを話してほしいな」と僕は言った。「ひょっとして僕が古い世界で出会ったのは君の影なのかもしれない」

「ええ、そうね。私も最初にそのことを思ったの。あなたが私に会ったことがあるかもしれないって言ったときにね」

（二四六）

〈世界の終り〉パートの図書館にいる女の子は、私がかつて現実世界で出会った女の子である、ということが、ここには示唆されている。

しかし、読者を困惑させ続けてきたのは、〈ハードボイルド・ワンダーランド〉パートのどこを探しても、彼女本来の姿——本作では「影」と呼ばれる——が見当たらないことだ。私が現実世界で出会うのは、ピンクの服を着た十七歳になる博士の太った孫娘であり、図書館のレファレンス係で働く二十九歳の未亡人だ。両者と〔世界の終り〕の図書館に勤める女の子の関係性を探っていくと、前者は十七歳という年齢が「影」の死亡年齢と一致しており、後者は「図書館」に勤めているという共通点があるのだが、いずれにしても、どちらか一方を彼女の「影」だと決定することは難しい。[19]

なぜ二つの世界に、このような不整合が生じたのか。それは、ひとまず、こう説明することが可能ではないだろうか。村上が『街と、その不確かな壁』を『世界の終りとハードボイルド・ワンダーランド』に《転換》する時に、〔ハードボイルド・ワンダーランド〕パートにいるはずの〈喪われた恋人〉を〈削除〉し、彼女を博士の孫娘とレファレンス係の女性に〈改竄〉したからだ、と。

革命家と結婚した女の子への《転換》

『街と、その不確かな壁』の〈喪われた恋人〉は、『世界の終りとハードボイルド・ワンダーランド』において、おそらく、主人公を取り巻く二人の女性に《転換》されて登場したのだろう。主人公・私は博士の孫娘にも、レファレンス係の女性にも好意を抱き、特に後者とは肉体関係を結びもする。しかし、どうしたところで、二人は〈喪われた恋人〉の

「影」――すなわち、現実の姿――として適格だとは言えない。なぜなら、彼女たちは結局のところ、生きているからだ。〔ハードボイルド・ワンダーランド〕パートの私は〔世界の終り〕についてこう考えている。

> 私は不死の世界に行こうとしている、と博士は言った。この世の終りは死ではなく、新たなる転換であり、そこで私は私自身となり、かつて失い今失いつつあるものと再会することができるのだ、と。
>
> （五二一：傍線筆者）

博士の孫娘もレファレンス係の女性も、「今失いつつあるもの」であっても、「かつて失」ったものではありえない。では、ここで言及される、「かつて失」ったものとは何なのか。私が今から赴《おもむ》くことになる〔世界の終り〕で、図書館の女の子へと《転換》されるはずの、既に失われた女性とは？

〔ハードボイルド・ワンダーランド〕パートの終盤には、確かに、私が、「かつて失」った女の子が一人、登場している。登場する、という言い方は、あるいは、相応《ふさわ》しくないのかもしれない。人生が残り二十四時間を切り、レンタ・カー会社に向かった私は受付の女性の「笑いかた[20]」から、「高校時代に知っていた女の子」のクラスメイトをふと思い出すのだ。

聞いた話によれば彼女は大学時代に知りあった革命活動家と結婚し、子供を二人産んだが、子供を置いて家出したきり今では誰にも行方がわからないということだった。レンタ・カー事務所の女の子の微笑は私にその高校時代のクラスメイトを思いださせた。J・D・サリンジャーとジョージ・ハリソンが好きだった十七歳の女の子が何年か後に革命活動家の子供を二人産んでそのまま行方不明になるなんて誰に予測できるだろう。

(五三〇：傍線筆者)

彼女に関するパーソナルな——書き割りのように鮮やかで奥行きのない——情報は、これがすべてである。[21] 主人公との関係性も「クラスメイト」という以上のことは語られない。にもかかわらず、私は人生が終わろうとする直前に再度、彼女のことを追想することになる。

身なりの良い母親と小さな娘は二人で噴水を眺めていた。母親の年はたぶん私と同じくらいだろう。彼女を眺めているうちに私は革命運動家と結婚して二人の子供を産み、そのままどこかに消えてしまったかつてのクラスメイトのことをまた思いだした。

（六〇四）

クラスメイトの女の子が私の意識に上るのはこの二回だけだが、いずれも、彼女のことを目の前にいる別の女性から想起している点は興味深い。おそらく、これは作者による《転換》作業の痕跡なのだろう。結局のところ、《転換》というのは、何かを一から生み出すのではなく、あるものを別の形に改変する作業なのである。おそらく、革命家と結婚した女の子には原型があるのだ。主人公は更に彼女について思いを巡らす。

我々はもう二十年近く顔をあわせたことがないし、その二十年のあいだには本当にいろんなことが起ってしまったのだ。それぞれの置かれた状況も違うし、考え方も違う。それに同じ人生を引き払うにしても、彼女は自分の意志で引き払ったが、私はそうではないのだ。

（六〇四：傍線筆者）

最初に回想した時には、「家出」をして「行方不明」になったとされた彼女は、ここに至って、「人生」を「自分の意志で引き払った」のだと言及される。この不可思議な表現の揺らぎは、村上の《転換》作業が、ある極めてデリケートな主題をめぐって行われていることを露呈する——「三人目の相手」の悲劇だ。

革命家と結婚した女の子が〈喪われた恋人〉に近接していくのと同時に、主人公の思考は奇妙な展開を見せ始める。

彼女はおそらく私をそのことで非難するだろうという気がした。あなたはいったい何を選んだというの？　と彼女は私に言うことだろう。たしかにそのとおりだ。私は何ひとつとして選びとってはいないのだ。私が自分の意志で選んだことといえば、博士を許したこととその孫娘と寝なかったことだけだった。しかしそんなことが何か私の役に立つのだろうか？　彼女はその程度のことで、私という存在が私という存在の消滅に対して果した役割を評価してくれるのだろうか？（六〇四—〇五）

博士の実験に巻き込まれて命を失うことになる私は、それが「自分の意志」ではないという理由で、かつてのクラスメイトに「非難」されるのではないかと考えている。その理屈を読者が理解することは容易ではない。私は彼女に咎《とが》められることを恐怖し、許されることを切望している——伝わってくるのは、主人公のこの苦しい胸の内だけだ。彼が抱える贖罪願望は、その所以も、その理路も、最後まで漠としたままなのである。そこには、ただ、《鎮魂》への祈りだけが虚《うつ》ろに響いている。

革命家と結婚した女の子は、村上が駆使した《転換》の詩学が、その極点において産み落としたキャラクターなのかもしれない。〈喪われた恋人〉に対する思慕は、村上の初期作品に共通して現れるテーマだが、彼は『街と、その不確かな壁』を執筆する際、「無防備」にも、彼女を舞台の中心に据えてしまったのである。そこで本作を『世界の終りとハードボイルド・ワンダーランド』に《転換》する際に、村上はある奇策に打って出ることとなる。〔世界の終り〕パートに登場する〈喪われた恋人〉の「影」を〔ハードボイルド・ワンダーランド〕パートから〈削除〉し、博士の孫娘とレファレンス係の女性に〈改竄〉したのだ。〈喪われた恋人〉の素性は、物語の整合性を犠牲にしてでも、本作から拭い去られねばならなかった。しかし、作品執筆の佳境に差し掛かった彼はある衝動――〈喪われた恋人〉についての罪責感を記しておきたいという切実な想い――に抗えなくなる。そこで村上が新たに創作したキャラクターが、〈喪われた恋人〉のディテールを戯画的なまでに〈改竄〉した、もう一人の女性、革命家と結婚し、二人の子供を残して消えたクラスメイトであったのだろう。

本当に大切なものは本文から〈削除〉され、別の形に〈改竄〉されて現れる――それが

『世界の終りとハードボイルド・ワンダーランド』を貫く《転換》の詩学である。四行のエピグラフに隠された「転換のコード」を手にした読者は、作品の終盤に至って、ようやく〈削除〉された「星」を視界に捉え、広い「海」へと辿りつくこととなる。しかし、最後に姿を現す「失った」「愛」を見つけ出すことは容易ではない。革命家と結婚したクラスメイトは、具体的な描写を削ぎ落とされ、その簡潔なプロフィールも大きく〈改竄〉されているからだ。彼女の周囲には、ただ、このSF幻想小説を「自伝的」と形容した村上の「センティメント」だけが濃厚に漂っている。[22]

〈喪われた恋人〉が、革命家と結婚したクラスメイトに《転換》されてから二年、いよいよ、次作『ノルウェイの森』(一九八七年)が発表される。そこで我々はようやく本当の彼女に出会うことになる。

1　村上春樹『世界の終りとハードボイルド・ワンダーランド』（新潮社、一九八五年）。本書から引用する際は括弧内に頁数のみを記す。

2　村上春樹『街と、その不確かな壁』は『文學界』（文藝春秋、一九八〇年九月号）四六―九九頁に掲載。

3　村上春樹「『自作を語る』はじめての書下ろし小説」『村上春樹全作品 1979-1989：④』（講談社、一九九〇年）。この続きで、彼は「作品に説得力をもたせるためには、話をもっと相対化しなくてはならない」（Ⅵ頁）と述べるのだが、更に続けて「まったく二つの話を並行して進めて最後にひとつにしちゃえばいいのだ」（Ⅵ頁）と気付いた、と語ることになる。おそらく「相対化」というキー・ワードは『世界の終りとハードボイルド・ワンダーランド』という小説の構造を説明するために持ち出された概念に過ぎないのだろう。

4　村上龍・村上春樹『ウォーク・ドント・ラン』（講談社、一九八一年）。

5　村上は『街と、その不確かな壁の』の弱点について、川本三郎との対談で「裏がすけてみえる」という類似表現を用いて語ったことがある。裏には何があるかということに関して、川本は「実人生におけるドロドロしたこと」だと推測し、村上もそれを肯定している。ちなみに前段で『街と、その不確かな壁』について「書いてはいけないものを書いちゃった」と発言した村上に、川本は「書いてはいけないことというのは、具体的に言うとどういうことですか」と質問している。村上はそれに対し、あえて具体的に答えずに「客を家に呼ぶときはきちんと家を掃除してから呼んだほうが良いということですね」と、はぐらかす。そこで川本が、「実人生におけるドロドロしたこと」のことか、と問いただす流れとなる。「『物語』

のための冒険』（『文學界』一九八五年八月号）七五頁参照。ちなみに、「裏がすけてみえる」という表現の周辺をめぐっては様々な議論が可能だ。今井は、短いテクストの中に寓話的設定が詰め込まれたために「裏がすけてみえる」のだと解釈し、一方、山根は、仕掛けられた寓意が機能していないことの原因を〈心が大切〉という主題が強過ぎたことに求め、その主題が「すけてみえる」と考えている。今井清人『村上春樹―OFFの感覚』（国研出版、一九九〇年）二〇三―〇一頁、山根由美恵『村上春樹〈物語〉の認識システム』（若草書房、二〇〇七年）七一―七七頁。

6 https://commons.wikimedia.org/wiki/File:Skeeter_Davis.png?uselang=ja

7 宮川は本論で、愛を表現した一行が省略されたことは、主人公の愛への確信が自明のものではないことを表しており、失われた一行を取り戻す、すなわち、愛への確信を取り戻すことが物語の中心に据えられたのだと述べる。宮川健郎「村上春樹『世界の終りとハードボイルド・ワンダーランド』――かかげられなかった一行」『国文学　解釈と教材の研究』（學燈社、一九八八年三月）八七頁。

8 CD『スキーター・デイビス・ベスト・セレクション』（BMGビクター、一九八九年）歌詞カード。

9 村上春樹『「そうだ、村上さんに聞いてみよう」と世間の人々が村上春樹にとりあえずぶつける282の大疑問に果たして村上さんはちゃんと答えられるのか？』（朝日新聞社、二〇〇〇年）二一四―一五頁。

10 二曲連続しての歌詞改変は過剰だと考えたのだろうか。村上は本作を全集に収録する際に、『ホワイト・クリスマス』の部分を丸ごとカットする。『村上春樹全作品 1979-1989：④』（講談社、一九九〇年）三〇一頁。

11　*Hard-boiled Wonderland and the End of the World*, (Kodansha International, 1991)　エピグラフを完全に削除した英語版とは対照的に、仏語版は原詩を無視して村上のエピグラフをそのまま四行の仏語詩に翻訳した。(Pourquoi est-ce que le soleil continue à briller?/ Pourquoi est-ce que les oiseaux continuent à chanter? / Est-ce que par hazard ils ne sauraient pas / Que la fin du monde est déjà là ?)　当然と言うべきか、著作権の許諾を得てはいないようだ。*La Fin des temps* (Éditions du Seuil, 1992)

12　『風の歌を聴け』（講談社、一九七九年）二〇一頁。

13　「川」と〈異世界〉というテーマは村上の偏愛するものである。「ランゲルハンス島の午後」というエッセイは、生物の教科書を取りに帰った村上が川辺で寝転び「ランゲルハンス島の岸辺に触れ」る空想をする話である。『ランゲルハンス島の午後』（新潮文庫、一九九〇年）一〇六―〇七頁。

14　『世界の終りとハードボイルド・ワンダーランド』（新潮文庫、二〇一〇年）の付録。

15　ＣＤ　ニコール・ヘンリー『ティーチ・ミー・トゥナイト』（ヴィーナス・レコード、二〇〇五年）歌詞カード。ここで言及される、ジョニー・マティスの「ティーチ・ミー・トゥナイト」を収録したＬＰというのは、どうやら実在しないようだ。それと関係するのかは不明だが、主人公が「ティーチ・ミー・トゥナイト」を歌うくだりは全集版では削除されることになる。

16　エピグラフに残された「太陽」にも〈不在から存在へ〉というテーマは共通する。（世界の終り）で僕は門番に眼球を切られて太陽を直視できなくなるのだが（四章）、それに呼応するように（ハードボイルド・ワンダーランド）の私は煤けたガラス板で観察した日蝕を思い出したりもする（十五章）。地下世界を脱出した彼は、地上に雨が降っていることに落胆するものの（三十一章）、人生最後の一日は秋晴れで、「晴」海埠頭に停めた車に射しこむ陽光に包まれて目を閉じる（三十九章）。一方、「鳥」も、重要なモチーフであることは間違いない。音を抜くことによって無音の世界が到来すると言う博士に対し、「ヴエランダの窓を開けると、車の音や鳥のさえずりが聞こえてきた」ので「ほっと」する（七章）私は、最後の場面で鳩にポップコーンをやり、たくさんのカモメの姿を目にした後で意識を失う（三十九章）。

17　愛する人の事故死というエピソードが、「The End of the World」を歌うスキーター・デイヴィスの実体験と共鳴するのは果たして偶然だろうか。かつてデュオとしてデビューした彼女は、相方にして親友ベティ・ジャック・デイヴィスを交通事故で亡くしているのだ。

18　村上春樹『風の歌を聴け』（講談社、一九七九年）。

19　三人の女性を同一実体だと解釈する説を、加藤が紹介している。それによると、〈ハードボイルド・ワンダーランド〉の世界で死んだ博士の孫娘が〈世界の終り〉で図書館の女の子となったのであり、もしも心を回復すれば、レファレンス係の女性になる、ということである。しかし、この説の大きなネックとなるのは博士の孫娘が現実に生きていることだ。加藤典洋『村上春樹イエローページ――作品別（1979―1996）』（荒地出版社、一九九六年）九一頁。

20　「笑いかた」というのは〈喪われた恋人〉の重要なモチーフである。「直子は首を振って一人で笑った。成績表にずらりとAを並べた女子学生がよくやる笑い方だったが、それは奇妙に長い間僕の心に残った。まるで『不思議の国のアリス』に出てくるチェシャ猫のように、彼女が消えた後もその笑いだけが残っていた。」『1973年のピンボール』（講談社、一九八〇年）九頁。

21　革命家と結婚したクラスメイトに言及した論文は、その少ない記述量のせいか、ほとんどない。例外的な論考として、そこに母の愛情を失った子供のテーマ系を見出し、母と生き別れた図書館の女の子の欠落感に焦点を当てた以下のものがある。山﨑眞紀子『村上春樹と女性、北海道…。』（彩流社、二〇一三年）一三八—六六頁。

22　村上は『ノルウェイの森』の「あとがき」で、『世界の終りとハードボイルド・ワンダーランド』を「自伝的」な小説と呼ぶ。「この小説はきわめて個人的な小説である。『世界の終り……』が自伝的であるというのと同じ意味合いで……個人的な小説である。たぶんそれはある種のセンティメントの問題であろう」と述べる。『ノルウェイの森』（講談社、一九八七年）下巻・二五九頁。

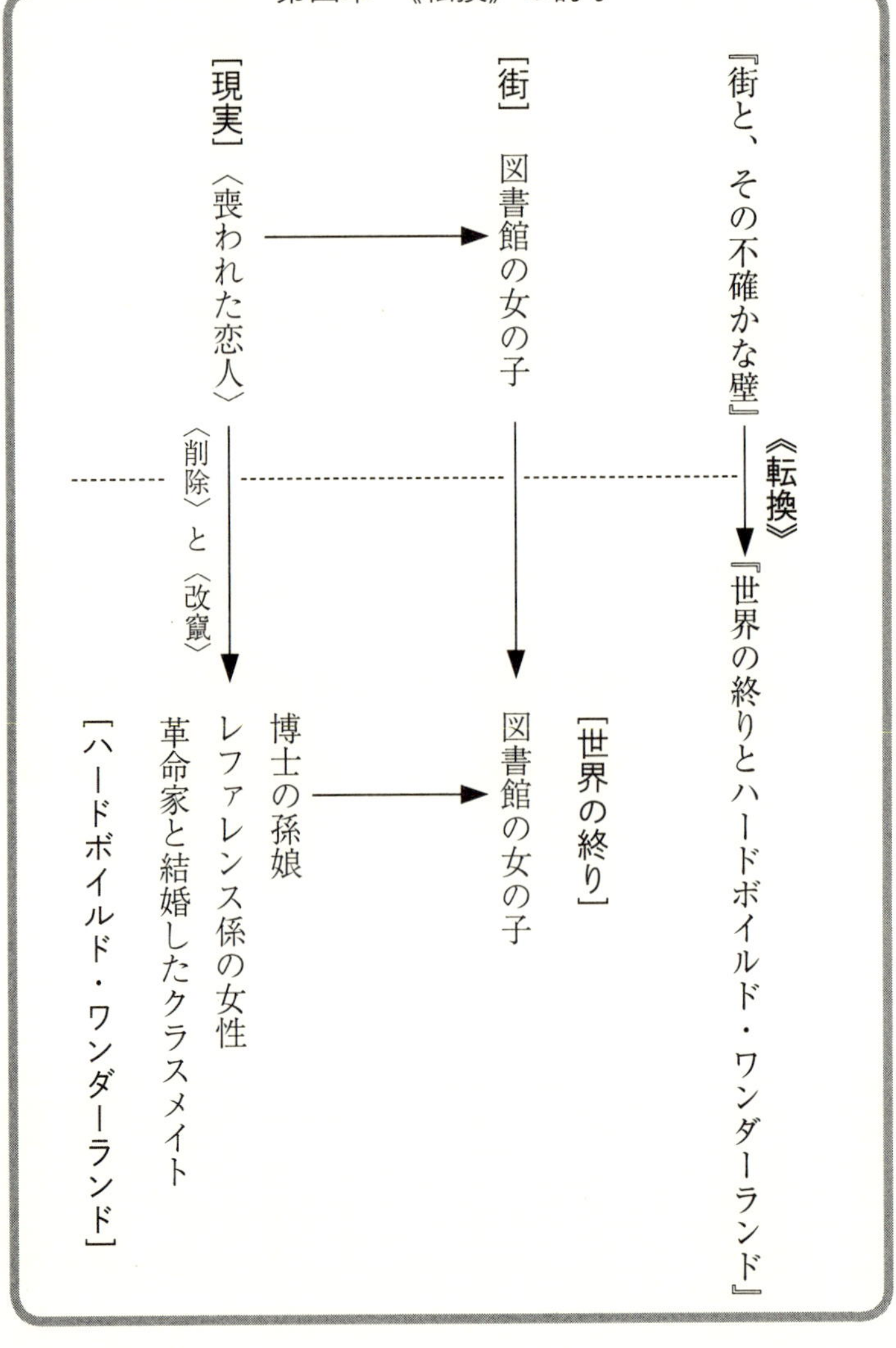
『街と、その不確かな壁』
《転換》
『世界の終りとハードボイルド・ワンダーランド』
[街]
図書館の女の子
[世界の終り]
図書館の女の子
[現実]
〈喪われた恋人〉
〈削除〉と〈改竄〉
博士の孫娘
レファレンス係の女性
革命家と結婚したクラスメイト
[ハードボイルド・ワンダーランド]

第五章

『ノルウェイの森』と《対極》の詩学

多くの祭り《フェト》のために、
フランス語の動詞表、
ブラームス交響曲第四番

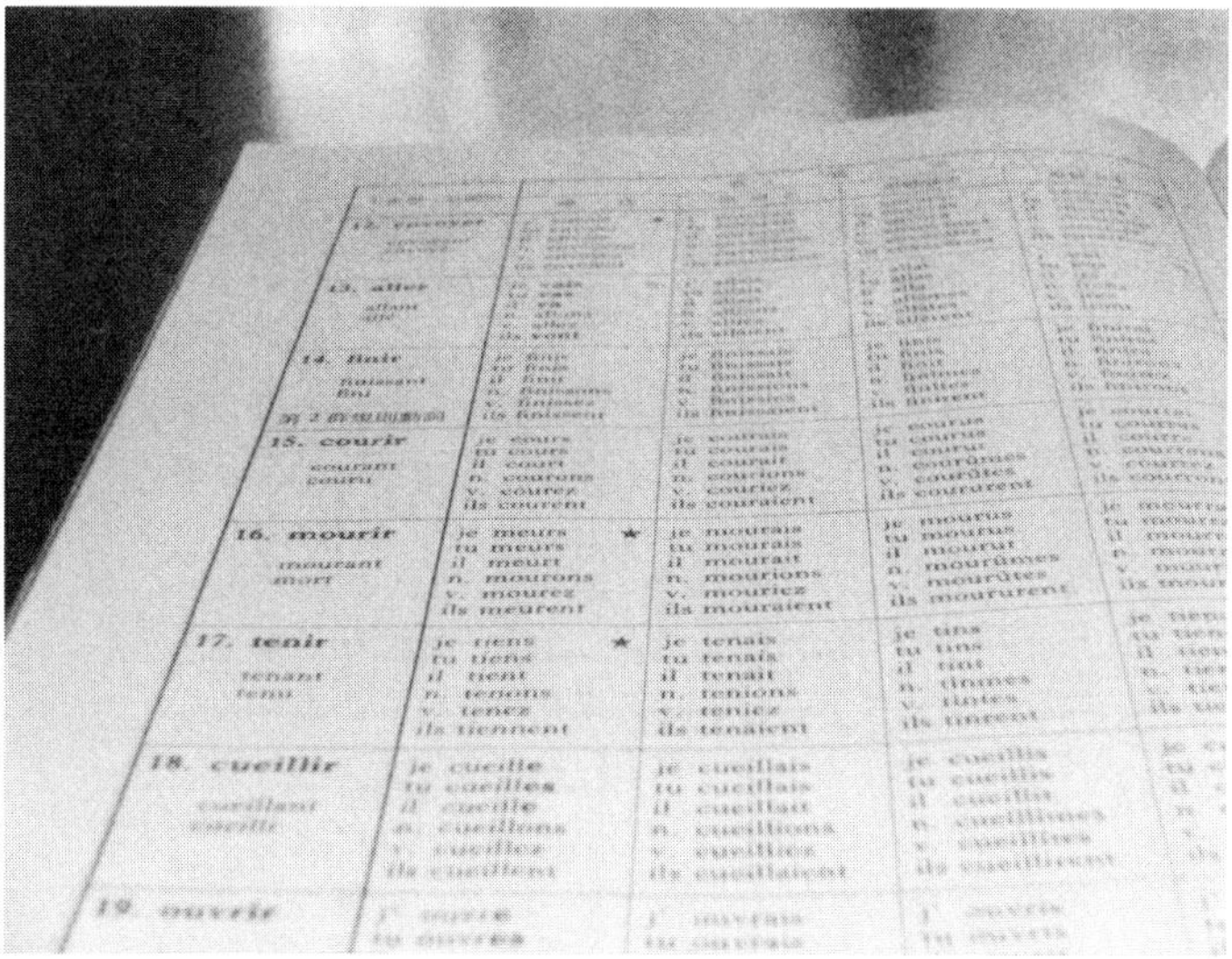

フランス語の動詞表

「5時にYWCAの門の前で。」

「YWCAで何してる？」

「フランス語会話。」

「フランス語会話？」

「OUI。」

――『風の歌を聴け』

小説『ノルウェイの森』[1]（一九八七年）の冒頭には、ミステリアスな一行が掲げられている。

多くの祭り《フェト》のために

二十歳を前後する狂騒の日々――それは後から振り返れば「祭り」としか名指し得ない何かなのかもしれない。だとすれば、『ノルウェイの森』が鮮烈に描き出した青春群像劇が「多くの祭り」であることは確かだ。

問題は「祭り」の横に振られたルビ「フェト」である。実は、この耳慣れない単語を手がかりに、我々は謎めいたフレーズの出典を突き止めることができる。

To
GERALD and SARA
MANY FÊTES
（F. Scott Fitzgerald, *Tender Is the Night*）[2]

【図1】『夜はやさし』献辞

FÊTES――米国人作家F・スコット・フィッツジェラルドは小説『夜はやさし』[3]（図1）に添えた献辞の中で、フランス南海岸で過ごした一九二〇年代の日々をこう表現した。

当時、フィッツジェラルドを始め、ピカソやヘミングウェイ、ストラヴィンスキーなど多くの芸術家を邸宅でもてなし、交流の機会をつくったのがジェラルド・マーフィーとその妻サラである。フィッツジェラルドは二人をモデルに、主人公の精神科医ディック、そして彼の患者であり妻となるニコルを造形したのだと言われている。南仏リヴィエラとスイス山中の療養所を舞台に二人の愛とその破局を描いたこの小説は『ノルウェイの森』の原型となったのかもしれない。だとしたら、冒頭の一行は、ひとまず、村上の『夜はやさし』への献辞《オマージュ》として受け取ることが可能だろう。

『夜はやさし』から、美少女ニコルが療養所について語る場面を引用しよう。

「少なくとも言葉の勉強という点では、この施設はすごくよかったと思うんです」ニコルは言った。

「お話しするのに、先生方お二人とはフランス語、看護婦さんたちとはドイツ語。あと、掃除のおばさんたちとはイタリア語、といってもいいかげんなものなんですけど、患者さんの一人ともイタリア語でしたたし、別の患者さんからはスペイン語もだいぶ教わることができて」

「それはよかったね」

ディックはとるべき態度を探した。が、よい筋書きが思い浮かばない。

「――あとは音楽。ラグタイムにしか興味がないなんて思われてなきゃいいんですけど。おけいこも毎日してますし――ここ何ヶ月かは、チューリヒで音楽史の講義も受けているの。……」

(『夜はやさし』森慎一郎訳　二五〇―五一頁)

想いを寄せるディックに、自らの教養の豊かさをアピールするニコル。その時、彼女が最初に持ち出したのが、語学学習をめぐる状況だったことは注目に値するだろう。なぜなら、ニコルと同じく精神を蝕《むしば》まれていった直子もまた、もう一人のフランス語学習者であったからである。

『ノルウェイの森』の冒頭に引かれたフレーズ「多くの祭りのために」。そこにフランス語のルビ「フェト」を振った村上は、その言葉が死んだ直子の耳に届くことを密かに願ったのかもしれない。

《対極》フランス語を学ぶ直子とドイツ語を学ぶ僕

十七歳で命を絶った親友・キズキと、あとに残された恋人・直子、そして僕。東京の大学に進学した直子と僕は、中央線で偶然に再会し、週末にデートを重ねる中で、次第にその距離を縮めていく。物語が大きく展開するのは、直子の二十歳の誕生日のこと。この夜、僕と初めて寝た直子は深い混乱状態に陥り、大学を辞めて療養施設に入ることになるのだ。誕生日の明くる朝、背中を向けて眠る直子の傍らで、僕が彼女の部屋を見渡す場面がある。その視線は密かにある大切な事物を捉えている。

床にはレコード・ジャケットやグラスやワインの瓶や灰皿や、そんなものが昨夜のままに残っていた。テーブルの上には形の崩れたバースデー・ケーキが半分残っていた。まるでそこで突然時間が止まって動かなくなってしまったように見えた。僕は床の上にちらばったものを拾いあつめてかたづけ、流しで水を二杯飲んだ。机の上には辞書とフランス語の動詞表があった。机の前の壁にはカレンダーが貼ってあった。写真も絵も何もない数字だけのカレンダーだった。カレンダーは真白だった。書きこみもなければ、しるしもなかった。（上・七五：傍線筆者）

「友だちも殆どいない」（上・四九）彼女の暮らしぶりを示すカレンダーの執拗な描写に比べ、あまりに素っ気無く言及される机上の「フランス語の動詞表」。しかし、これは偶然、そこに配置されたものではない。その起源をたどっていけば、やはり、デビュー作『風の歌を聴け』[4]の例の場面に行きつくことになる。

三人目の相手は大学の図書館で知り合った仏文科の女子学生だったが、彼女は翌年の春休みにテニス・コートの脇にあるみすぼらしい雑木林の中で首をつって死んだ。彼女の死体は新学期が始まるまで誰にも気づかれず、まるまる二週間風に吹かれてぶら下がっていた。今では日が暮れると誰もその林には近づかない。

（『風の歌を聴け』九四：傍線筆者）

『風の歌を聴け』に、「三人目の相手」として登場した〈喪われた恋人〉は「仏文科」の学生であった。第二作『1973年のピンボール』で、父親が仏文学者だったというディテール[5]を加えられた彼女は、本作では、「英語の教育で有名な」（四九）女子大に通う、フランス語学習者として登場する。[6]

しかし、『ノルウェイの森』において、フランス語に関わることは、ほかの作品の場合と比べても、その重要性を格段に増している。[7]「フランス語」というモチーフが、新たに「ドイツ語」[8]という《対極》にあるモチーフを呼び寄せ、両者で物語の象徴レベルを統御するのだ。

直子が京都の療養施設に入った後で、一度だけフランス語に言及する場面がある。

午後は自由カリキュラムで、自分の好きな講座かあるいは野外作業かスポーツが選べる。彼女はフランス語とか編物とかピアノとか古代史とか、そういう講座をいくつかとっていた。

「ピアノはレイコさんに教わってるの」と直子は言った。「彼女は他にギターも教えてるのよ。私たちみんな生徒になったり先生になったりするの。フランス語に堪能な人はフランス語教えるし、社会科の先生してた人は歴史を教えるし、編物の上手な人は編物を教えるし、そういうのだけでもちょっとした学校みたいになっちゃうのよ。……」

（上・二二七―二二八）

ここでさり気なく告げられているのは、療養所では（多くの医者が得意としたドイツ語ではなく）フランス語が教えられており、大学を辞めた後も、直子がフランス語への興味を持ち続けている事実である。

これと対比されるべきなのはドイツ語を学習する僕だ。学習態度は極めて真剣である。僕は下級生・緑と初めて二人きりで昼食を取った際、「そろそろ大学に戻って二時からのドイツ語の授業に出る」(上・一一八)と言って別れているし、彼女の家で手料理をご馳走になった翌日も「昼休みが終ると僕は図書室に行ってドイツ語の予習を」(上・一四六)している(図2)。

【図2】 早稲田大学旧図書館(現二号館)

また、キャンパスで久しぶりに会った緑の誘いにも心が揺らぐことはない。

「ねえワタナベ君、午後の授業あるの?」
「ドイツ語と宗教学」
「それすっぽかせない?」
「ドイツ語の方は無理だね。今日テストがある」

(下・四〇)

そもそも僕はこの日、ドイツ語のテストを受けるために恋人・直子がいる阿美寮から戻ってきたのである。更に言えば、僕が訪問先の療養所で寸暇を惜しんでまで勉強していたのが、ドイツ語であった。以下はレイコ（直子と同室で暮らす女性）と僕の会話である。


「……あなたはいつまでここにいられるの？」

「明後日《あさって》の夕方までに東京に戻りたいんです。アルバイトに行かなくちゃいけないし、木曜日にはドイツ語のテストがあるから」　（上・一八一）

「……あなた一人でここで待っててほしんだけれど、いいかしら？」

「いいですよ、ドイツ語の勉強してますから」　（上・一八七）

「ドイツ語やってますよ」と僕はため息をついて言った。

「いい子ね、お昼前には戻ってくるからちゃんとお勉強してるのよ」とレイコさんは言った。そして二人はクスクス笑いながら部屋を出て行った。　（上・二四五）

僕のドイツ語学習への過剰な言及は、直子のささやかなフランス語学習が、読者の記憶から零《こぼ》れ落ちてしまうことへの警鐘のようですらある。直子のフランス語と僕のドイツ語、この対比はいったい何を意味するのだろう。

《対極》阿美寮と『魔の山』

フランス語とドイツ語という二つの言語は、単なる学習対象ではなく、《対極》に位置する二つの世界を示す記号なのではないだろうか——それが本章の仮説である。

直子が療養所から送ってきた初めての手紙を僕が読み終えた時のことである。

僕は机の前に座ってしばらくその封筒を眺めていた。封筒の裏の住所には「阿美寮」と書いてあった。奇妙な名前だった。僕はその名前について五、六分間考えをめぐらせてから、これはたぶんフランス語のami（友だち）からとったものだろうと想像した。

（上・一六三）

直子のいる療養所とフランス語の関連性が、僕の推測を通して読者に告げられている。その名をフランス語起源とする阿美寮は〈フランス〉で象徴される何かなのだ。

しかし、その阿美（ami）寮に滞在する僕は、執拗にドイツ語の学習をする。直子とレイコが暮らす部屋にひとり残された際にも、早速、勉強を開始するのだが、その時に抱く奇妙な感慨は興味深い。

爪を切ってしまうと僕は台所でコーヒーを入れ、テーブルの前に座ってそれを飲みながらドイツ語の教科書を広げた。台所の日だまりの中でTシャツ一枚になってドイツ語の文法表を片端から暗記していると、何だかふと不思議な気持になった。ドイツ語の不規則動詞とこの台所のテーブルはおよそ考えられる限りの遠い距離によって隔てられているような気がしたからだ。

（上・二四五―四六：傍線筆者）

なぜ直子の「台所のテーブル」と、僕の暗記している「ドイツ語の不規則動詞」は、「考えられる限りの遠い距離によって隔てられている」のか。この「何だか」「不思議な」違和感を客観的に説明する方法はひとつしかない。それは、直子の属する阿美寮が〈フランス〉だからだ。直子の「テーブル」の上には、かつてのアパートの「机の上」のように「フランス語の動詞表」があるべきであり、《対極》に位置する「ドイツ語の文法表」があってはならないのである。

僕が直子の部屋に持ち込んだ〈異物〉は「ドイツ語の文法表」だけではない。もう一つの〈ドイツ〉、それはトーマス・マンの『魔の山』（図３）である。

> 直子とレイコさんは二人揃って五時半に戻ってきた。僕と直子ははじめて会うときのようにきちんとひととおりあいさつを交した。直子は本当に恥かしがっているようだった。レイコさんは僕が読んでいた本に目をとめて何を読んでいるのかと訊いた。トーマス・マンの『魔の山』だと僕は言った。
> 「なんでこんなところにわざわざそんな本持ってくるのよ」とレイコさんはあきれたように言ったが、まあ言われてみればそのとおりだった。
> （上・一九一）

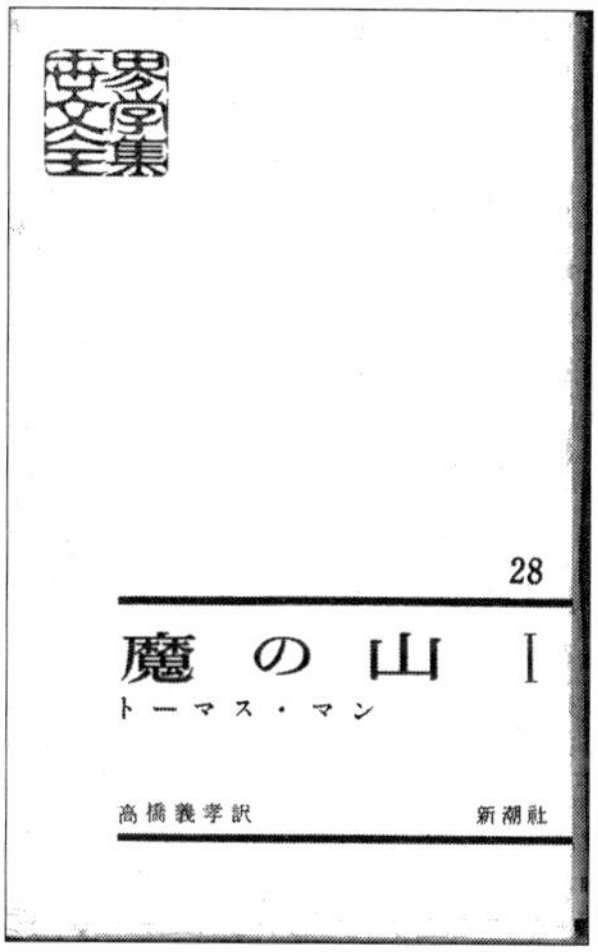

【図３】『魔の山』

なぜ「こんなところ」に「そんな本」を——僕が読んでいた本に「目をとめ」たレイコはこう尋ねる。主人公がサナトリウムを訪問する小説をわざわざ阿美寮に持参した僕に呆れているのだろう。だが、この問いかけは〈フランス〉阿美寮に持ち込まれた〈ドイツ〉『魔の山』の異物性を印象付けるものでもある。
僕が執着するドイツ語学習とドイツ文学の『魔の山』――その二つをめぐる会話の相手が、実はすべてレイコだったことには注目すべきだろう。これまでの引用を見返してみれば分かるように、直子は、たとえその場にいても、やり取りには直接、関わっていない。まるで彼女には〈ドイツ〉関連のものが感知できないかのようだ。たとえば阿美寮での滞在二日目の夜のことである。

僕はうまく眠れなかったのでナップザックの中から懐中電灯と『魔の山』を出してずっと読んでいた。十二時少し前に寝室のドアがそっと開いて直子が僕のとなりにもぐりこんだ。昨夜とはちがって直子はいつもと同じ直子だった。目もぼんやりとしていなかったし、動作もきびきびしていた。彼女は僕の耳に口を寄せて「眠れないのよ、なんだか」と小さな声で言った。僕も同じだと僕は言った。僕は本を置いて懐中電灯を消し、直子を抱き寄せて口づけした。闇と雨音がやわらかく僕らをくるんでいた。（下・三〇）

この時、僕はわざわざ懐中電灯を灯して『魔の山』を読んでいたのだが、横に来た直子は、それについて一切の言及をせず、自らの不眠を訴えるのみだ。

奇妙なことに、僕が阿美寮に持ち込んだドイツ語世界は直子の意識に上ることはない――少なくとも読者がその痕跡を見つけることができない。〈ドイツ〉が象徴しているものは、僕が頑《かたく》なに固執し、直子が頑《かたく》なに拒絶する何かなのだろう。

《対極》聴けなかったブラームスとドビュッシー

直子は必ずしも〈ドイツ〉世界と無縁だったわけではない。実は、彼女のドイツ文化への嗜好が一度だけ言及されるのだが、それは彼女が阿美寮に入る前のことである。

> 一月の末に突撃隊が四十度近い熱を出して寝こんだ。おかげで僕は直子とのデートをすっぽかしてしまうことになった。僕はあるコンサートの招待券を二枚苦労して手に入れて、直子をそれに誘ったのだ。オーケストラは直子の大好きなブラームスの四番のシンフォニーを演奏することになっていて、彼女はそれを楽しみにしていた。[9]（上・六七）

直子はドイツ人作曲家ブラームスが、あるいは、特に交響曲第四番が「大好き」なのだ。しかし、「楽しみにしていた」このコンサートには結局行くことができず、三か月後に二十歳を迎えた彼女は阿美寮に入ることとなる。それ以降の直子は、先述した通り、〈ドイツ〉的世界への関与が一切なくなってしまう。

一方、〈フランス〉的世界である阿美寮の住人レイコもドイツと浅からぬ縁があった。

「私若いころね、プロのピアニストになるつもりだったのよ。……卒業したらドイツに留学するっていう話もだいたい決っていたしね……」（上・二一三）

しかし、直子と同様、その志向は挫折することになる。レイコはある日突然、指が動かなくなりドイツへの留学をあきらめる。やがて精神に失調をきたし始め、結局は「睡眠薬飲んでガスひねっ」て（下・二六）、阿美寮に入る。〈ドイツ〉行きの挫折が〈フランス〉世界である阿美寮に入るきっかけとなるのである。

だが、阿美寮に入った後も、レイコの音楽への趣味はドイツ系のものが多い。その点は直子と対照的である。僕と直子が散歩から帰ってくると、彼女はブラームスを聞いている。

我々がコーヒー・ハウスに戻ったのは三時少し前だった。レイコさんは本を読みながらFM放送でブラームスの二番のピアノ協奏曲を聴いていた。見わたす限り人影のない草原の端っこでブラームスがかかっているというのもなかなか素敵なものだった。三楽章のチェロの出だしのメロディーを彼女は口笛でなぞっていた。

「バックハウスとベーム」とレイコさんは言った。「昔はこのレコードをすりきれるくらい聴いたわ。本当にすりきれちゃったのよ。隅から隅まで聴いたの。なめつくすようにね」

僕と直子は熱いコーヒーを注文した。

「お話はできた?」とレイコさんが直子に訊ねた。

「ええ、すごくたくさん」と直子が言った。

（上・二六六）

ここではレイコのブラームスへの愛が饒舌に語られる。しかし、ブラームスが「大好き」だったはずの直子がレイコの話に反応した様子はない。別の問いかけへの即座の返答は、直子の〈ドイツ〉世界への沈黙を一層、際立たせている。

レイコが〈ドイツ〉世界に傾けた情熱を現在も保持しているのに対して、阿美寮に入った直子は最早〈ドイツ〉世界を感知せず、〈フランス〉世界だけにしか反応しなくなっているようである。次の場面も象徴的だ。

彼女はもう一曲バッハの小品を弾いた。組曲の中の何かだ。ロウソクの灯を眺め、ワインを飲みながらレイコさんの弾くバッハに耳を傾けていると、知らず知らずのうちに気持がやすらいできた。バッハが終ると、直子はレイコさんにビートルズのものを弾いてほしいと頼んだ。

「リクエスト・タイム」とレイコさんは片目を細めて僕に言った。「直子が来てから私は来る日も来る日もビートルズのものばかり弾かされているのよ。まるで哀れな音楽奴隷のように」

彼女はそう言いながら『ミシェル』をとても上手く弾いた。

「良い曲ね。私、これ大好きよ」とレイコさんは言ってワインをひとくち飲み、煙草を吸った。「まるで広い草原に雨がやさしく降っているような曲」

それから彼女は『ノーホエア・マン』を弾き、『ジュリア』を弾いた。ときどきギターを弾きながら目を閉じて首を振った。そしてまたワインを飲み、煙草を吸った。

「『ノルウェイの森』を弾いて」と直子が言った。

（上・一九七―九八）

レイコはいつものように、ドイツ人作曲家バッハの旋律を奏でる。それを聞いて僕は「気持がやすらいで」くるが、直子の感想はやはり一言もない。彼女はただ「バッハが終ると」ビートルズをリクエストする。それに応えたレイコが最初に弾く『ミシェル』は直子の純粋な〈フランス〉的世界を象徴するのにふさわしい。

Michelle, ma belle
Sont des mots qui vont très bien ensemble
Très bien ensemble

ミッシェル　僕の恋人《マ・ベル》
ほら　とてもよく響きあう言葉だ
美しいその響き[10]

ビートルズの中でも、唯一、フランス語が歌詞に登場する曲である。

『ミシェル』の重要度は、同じくアルバム『ラバー・ソウル』に収録された名曲『ノルウェイの森』に匹敵するのかもしれない。翌年、症状が悪化した直子は東京の病院で検査を受け、死を決意して阿美寮に戻ってくる。その夜、すなわち、人生最後の夜に直子が聞いた曲は、彼女を「深い森の中で迷っているような気に」（上・一九八）させる『ノルウェイの森』、そしてもう一曲は、レイコによって「広い草原に雨がやさしく降っているような曲」（上・一九七）と形容された『ミシェル』なのである。その時のことは、彼女の死後、東京にやってきたレイコの口から語られることとなる。

それから私たちいつものように食堂で夕ごはん食べて、お風呂入って、それからとっておきの上等のワインあけて二人で飲んで、私がギターを弾いたの。例によってビートルズ。『ノルウェイの森』とか『ミシェル』とか、あの子の好きなやつ。（下・二三九）

ミシェル・僕の恋人《マ・ベル》——レイコが口ずさむフランス語の残響と共に、直子は夜明け前の「広い草原」を通りぬけ「深い森」に入る。たった一枚のメモを、ある場所に残して。

六時に目を覚ましたとき彼女はもういなかったの。寝巻が脱ぎ捨ててあって、服と運動靴と、それからいつも枕もとに置いてある懐中電灯がなくなってたの。まずいなって私そのとき思ったわよ。だってそうでしょ、懐中電灯持って出ていったってことは暗いうちにここを出ていったっていうことですものね。そして念のために机の上なんかを見てみたら、そのメモ用紙があったのよ。『洋服は全部レイコさんにあげて下さい』って。

（下・二四二：傍線筆者）

直子が残した唯一の「遺書らしき書き置き」(下・二四三)が、かつて「フランス語の動詞表」があった場所、「机の上」で発見されたのは偶然ではないだろう。あの日、二十歳を迎えた彼女の机に置かれていた「フランス語の動詞表」は冥府への道標《みちしるべ》だったのかもしれない。

小説『ノルウェイの森』における〈フランス〉——死の気配が濃厚に漂うその場所には、こんな音楽こそが相応《ふさわ》しい。直子の死後、レイコは僕の下宿にギターを持参して現れ、彼女への《鎮魂》の曲を奏でる。

それからレイコさんはギター用に編曲されたラヴェルの『死せる王女のためのパヴァーヌ』とドビッシーの『月の光』を丁寧に綺麗に弾いた。「この二曲は直子が死んだあとでマスターしたのよ」とレイコさんは言った。「あの子の音楽の好みは最後までセンチメンタリズムという地平をはなれなかったわね」
(下・二五一)

直子の音楽の趣味がセンチメンタリズムに規定されていた、あるいは、規定されていたように見えたのは、彼女が内なる〈ドイツ〉を喪失していた結果だったのだろう。レイコは二人のフランス人作曲家ラヴェルとドビュッシーの、どこまでも甘美な旋律を奏でて「死せる王女」直子を葬送するのだ。『雨の中の庭』――小説『ノルウェイの森』のタイトルは、もともと、このドビュッシーのピアノ曲の題名を借用するはずであったという。[11]
ドビュッシーの名曲『月の光』は、その冥界の調べを次の場面にも響かせていたのかもしれない。阿美寮に滞在した初日の夜、ふと目を覚ました僕は傍らに直子が座っていることに気付く。「向う側の世界がすけて見えそうな」(上・二三七)瞳を覗き込みながら、僕は彼女が「何光年も遠くにいるように」(上・二三七―三八)感じる。彼女はやおら立ち上がると、無言のまま、ガウンのボタンを外して、美しい裸身を月明かりに晒《さら》す。

しかし今僕の前にいる直子の体はそのときとはがらりと違っていた。直子の肉体はいくつかの変遷を経た末に、こうして今完全な肉体となって月の光の中に生まれ落ちたのだ、と僕は思った。まずふっくらとした少女の肉がキズキの死と前後してすっかりそぎおとされ、それから成熟という肉を付け加えられたのだ。(上・二三九)

成熟の途上で躓《つまず》いたはずの直子は、この夜、「月の光」の中に「完全な肉体」をまとって「生まれ落ち」る。「直子はいつの間にこんな完全な肉体を持つようになったのだろう?そしてあの春の夜に僕が抱いた彼女の肉体はいったいどこに行ってしまったのだろう?」

（上・二三八）。この時の直子は、もちろん、隣の部屋で眠りについた直子ではない。腕時計は「置いたはずの場所」（上・二三七）から消えている。時刻を推し測ろうと、僕は「月の光」（上・二三七）に目を凝らす。「幽霊でも見てきたような顔してるわよ」（下・三九）――帰京した僕に、こんな指摘をした緑の勘はやはり鋭いと言わざるを得ないだろう。直子は、十か月後に赴《おもむ》くことになる冥府〈フランス〉から、『月の光』の旋律と共に、時空を超えてやって来たのだ。

直子の「祭り《フェト》」が突然の終局を迎えることになるのは、二十一歳の夏の夜更けのことである。

> すぐにぐっすり寝ちゃったわ。あるいは寝たふりしたのかもしれないけど。でもまあどっちにしても、すごく可愛い顔してたわよ。なんだか生まれてこのかた一度も傷ついたことのない十三か十四の女の子みたいな顔してね。（下・二四二）

それが我々の知る直子の最後の姿だ。少女の面影を残す彼女は「墨で塗りつぶされたみたいにまっ暗」（下・二三九）な夜に、ひとりベッドを抜け出し、森へ向かう。その手に握られた「懐中電灯」（下・二四二）は、彼女を〈フランス〉へと導く、小さな「月の光」

だったのかもしれない。

《対極》生と死、あるいは〈独〉と〈仏〉

最後に、他の登場人物たちの青春——「多くの祭り」(many fêtes)——と、その行く末にも触れておこう。

僕が最終的に選んだのは緑である。死の世界にいた直子の《対極》にある緑は「春を迎えて世界にとびだしたばかりの小動物のように瑞々しい生命感を体中からほとばしらせていた」(上・九三)女性である。彼女はまたもう一人のドイツ語学習者であった。

「学校が死ぬほど嫌いだったからよ。だから一度も休まなかったの。負けるものかって思ったの。……それで無遅刻・無欠席の表彰状とフランス語の辞書をもらったの。だからこそ私、大学でドイツ語をとったのよ。だってあの学校に恩なんか着せられちゃたまらないもの。そんなの冗談じゃないわよ。」(上・一一一)

皆勤賞の賞品が「フランス語の辞書」であることから推察されるように、緑が通った「エリートの女の子が集まる」女子高校ではフランス語教育が行われていたのだろう。[12] そんな彼女がドイツ語を選択したのは、フランス語への強い拒絶の結果である。物語の象徴レベルでは、彼女はこの段階で〈フランス〉的死の世界を拒否し、〈ドイツ〉的生の世界を志向したのだと言える。熱心に勉強している様子はないが、友達とのおしゃべりで「昨年のドイツ語の成績」（下・一八五）を話題にしていたりする。小説の最終頁で僕が「世界中に君以外に求めるものは何もない」（下・二五八）と告白する相手が、〈フランス〉を志向する直子ではなく、自分と同じ〈ドイツ〉を志向する緑であったのは必然であるのかもしれない[13]。

　しかし、その後の二人はどうなったのだろう。われわれ読者が知ることができるのは三十七歳になった僕の姿のみである。僕の過剰な〈ドイツ〉志向は、やがて僕を地理上のドイツに連れて行く（図4[14]）。ここで小説の第一章冒頭に戻る。

【図4】 ハンブルク空港

　僕は三十七歳で、そのときボーイング747のシートに座っていた。その巨大な飛行機はぶ厚い雨雲をくぐり抜けて降下し、ハンブルク空港に着陸しようとしているところだった。十一月の冷ややかな雨が大地を暗く染め、雨合羽を着た整備工たちや、のっぺりとした空港ビルの上に立った旗や、ＢＭＷの広告板やそんな何もかもをフランドル派の陰うつな絵の背景のように見せていた。やれやれ、またドイツか、と僕は思った。

（上・五）

「やれやれ、またドイツか」――僕はとにかく何度目かのドイツに辿り着いている。だが、緑はどこに行ってしまったのだろう。着陸態勢に入った機内に流れ出したのは奇しくも「ノルウェイの森」。ひどく動揺する僕に客室乗務員が声をかける。

前と同じスチュワーデスがやってきて、僕の隣りに腰を下ろし、もう大丈夫かと訊ねた。

「大丈夫です、ありがとう。ちょっと哀しくなっただけだから（It's all right now, thank you. I only felt lonely, you know.）」と僕は言って微笑んだ。

（上・六）

僕はここで「哀しくなった」と言う。しかし、僕は直子を失った哀しみを訴えているだけではない。実際に口に出した“lonely”という単語が示唆するのは僕が一人きりだということである。[15] もしも僕と結婚していたら、緑がいたはずの場所に、スチュワーデスが「腰を下ろ」す。「僕の隣り」の空席は、単に緑の一時的不在を暗示するだけなのだろうか。

実は、緑と〈ドイツ〉の関連で興味深いエピソードが存在する。僕は緑の実家、小林書店に泊まりに行った時、眠れない夜をやり過ごすため、店に下りて、ある本を拝借している。

……とにかく何か読むものは必要だったので、長いあいだ売れ残っていたらしく背表紙の変色したヘルマン・ヘッセの『車輪の下』を選び、その分の金をレジスターのわきに置いた。少くともこれで小林書店の在庫は少し減ったことになる。

僕はビールを飲みながら、台所のテーブルに向って『車輪の下』を読みつづけた。

（下・一五三）

「『戦争と平和』もないし、『性的人間』もないし、『ライ麦畑』もない」（上・一一三）小林書店にも、なぜか『車輪の下』は存在している。かつて阿美寮を訪問した際、直子の部屋の「台所のテーブル」で「ドイツ語の文法表」を広げたように、僕は緑の家の「台所のテーブル」で、ドイツ人作家ヘッセの『車輪の下』を読む。しかし、〈ドイツ〉を象徴するヘッセの文庫本は僕によって外部にもちだされ、やがて書店そのものも彼女の父の死を契機に売り払われることになる。

このエピソードにある〈ドイツ〉の喪失は、十七年後の緑のドイツにおける不在を予示しているのかもしれない。僕と一緒にドイツに来ることができなかった彼女は、やはり、どこかで死の世界〈フランス〉に引き戻されてしまったのだろうか。

『ノルウェイの森』には、もう一人ドイツに辿り着けなかった人物がいる。彼女もまた生の世界から死の世界へと旅立つことになる。その彼女とは僕の「少年期の憧憬」(下・一一六)を体現するハツミである。ハツミは僕と同じ寮に住んでいた二年上級の東大生・永沢の恋人であった。スペイン語講座を見終わった後で、「英語とドイツ語とフランス語はできあがってるし、イタリア語もだいたいはできる」(下・一〇〇)と語っていた永沢は、外交官として世界中に赴任する可能性があったはずだ。しかし結局、彼が赴任したのはドイツである。[16] そのことはハツミが自殺した事実と共に読者に知らされることになる。

でも永沢さんにも僕にも彼女を救うことはできなかった。ハツミさんは——多くの僕の知りあいがそうしたように——人生のある段階が来ると、ふと思いついたみたいに自らの生命を絶った。彼女は永沢さんがドイツに行ってしまった二年後に他の男と結婚し、その二年後に剃刀で手首を切った。

彼女の死を僕に知らせてくれたのはもちろん永沢さんだった。彼はボンから僕に手紙を書いてきた。「ハツミの死によって何かが消えてしまったし、それはたまらなく哀しく辛いことだ。この僕にとってさえも」僕はその手紙を破り捨て、もう二度と彼には手紙を書かなかった。（下・一一六―一一七）

僕が突然「哀しく」なったのがハンブルク空港であったように、永沢が「たまらなく哀し」いと訴えているのは、奇しくも旧西ドイツの首都ボンである。「結婚して、好きな人に毎晩抱かれて、子供を産めればそれでいい」（下・一二四）と語ったハツミは、もしも永沢と結婚していれば、外交官夫人として共にドイツにいたはずだ。しかし、直子がブラームスを聴きに行けなかったように、そしてレイコがドイツ留学に行けなかったように、ハツミもドイツに赴任する永沢について行くことができない。その結果、彼女もまた二人と同様、自殺を試み、自らの人生に自らの手で終止符を打つのだ。

レイコのその後にも触れないわけにはいかない。〈フランス〉世界である阿美寮を出て上京した彼女には、不吉にも、死に向かう直子の像が丁寧に重ねられている。レイコは直子の服を着て僕のもとに現れ、直子のように僕と寝る。そして、行き先としてあげるのは「作りそこねた落とし穴みたいな」（下・二三〇）旭川である。この比喩は、僕がハンブルク空港で思い出すことになる「野井戸」を想起させる。直子は、森の中で井戸に落ち「一人ぼっちでじわじわと死んでいく」、そんな「ひどい死に方」（上・一二）について僕に切々と語っていた。そしてレイコは、その時の直子の台詞「本当にいつまでも私のことを忘れないでいてくれる？」（上・一七）を律儀に反復し、上野駅を発つ。


「私のこと忘れないでね」と彼女は言った。

「忘れませんよ、ずっと」と僕は言った。

「あなたと会うことは二度とないかもしれないけれど、私どこに行ってもあなたと直子のことをいつまでも覚えているわよ」

僕はレイコさんの目を見た。彼女は泣いていた。僕は思わず彼女に口づけした。まわりを通りすぎる人たちは僕たちのことをじろじろと見ていたけれど、僕にはもうそんなことは気にならなかった。我々は生きてきたし、生きつづけることだけを考えなくてはならなかったのだ。（下・二五七）

レイコは本当に「生き続けることだけを考え」ていくことができるだろうか。読者の耳には僕の下宿で行《おこな》った二人きりの「寂しくない」「直子のお葬式」のメロディーが残る。


　レイコさんは四十九曲目に『エリナ・リグビー』を弾き、五十曲めにもう一度『ノルウェイの森』を弾いた。五十曲弾いてしまうとレイコさんは手を休め、ウィスキーを飲んだ。「これくらいやれば十分じゃないかしら?」

「十分です」と僕は言った。「たいしたもんです」

「いい、ワタナベ君、もう淋しいお葬式のことはきれいさっぱり忘れなさい」とレイコさんは僕の目をじっと見て言った。「このお葬式のことだけを覚えていなさい。素敵だったでしょ?」

　僕は肯いた。

「おまけ」とレイコさんは言った。そして五十一曲めにいつものバッハのフーガを弾いた。（下・二五二）

直子への《鎮魂》曲『ノルウェイの森』を演奏した後で、レイコは自分のために「バッハ」を弾く。その弛《たゆ》まぬ〈ドイツ〉への志向は、うまくいけば彼女を旭川経由で生の世界に導いていくのかもしれない。小説が始まった時点で五十六歳となっているはずの彼女は、その時、どうしていたのだろう。[17]

「フランス語の動詞表」は二十一歳の直子を死に誘い、「ドイツ語の文法表」は三十七歳の僕をハンブルクに着地させる。〈フランス〉に留まる者は死の世界に魅せられ、生き残る者だけが、その《対極》にある〈ドイツ〉に辿り着くのだ。ただし、この二つの場所がどれほどの概念的距離で隔てられているのかは定かではない。

親友キズキの自死に直面した僕は、人の死が余りに近しい日常の中に起こり得ることに気づかされる。

死は生の対極としてではなく、その一部として存在している。

（上・四六）

この時、十七歳の僕が手にした真理[18]は次のように言い換えられるのかもしれない――「〈フランス〉は〈ドイツ〉の対極としてではなく、その一部として存在している」と。『ノルウェイの森』における〈ドイツ〉と〈フランス〉は、生と死の象徴であるのと同時に、〈独〉と〈仏〉の謂《いい》なのだろう。ハンブルク空港で突然の孤〈独〉感に襲われた僕が気づいたのは、〈仏〉界に旅立ったはずの直子が、十七年の歳月を隔てた今もなお、自らの「一部として存在している」という厳然たる事実だったのだ。

〈独〉り生き残った者の憂鬱——『ノルウェイの森』がどことなく哀しいのは、作品の冒頭部に置かれたこの何気ない呟きのせいなのかもしれない。

やれやれ、またドイツか、と僕は思った。　（上・五）

愛しき者を喪った僕にできるのは、時空を超えた「多くの祭り《フェト》」に思いを馳せつつ、掛け替えのない彼女のささやかな「祭り《フェト》」を反芻することより他にない。「多くの祭り《フェト》のために」（To MANY FÊTES）——小説『ノルウェイの森』の献辞には複数の宛先が記されている。その物語が〈フランス〉にいる直子のもとに正しく届けられた時、《鎮魂》の作業はいよいよ、残された最後の行程に入ることとなる。

1　村上春樹『ノルウェイの森』（講談社、一九八七年）。本書から引用する際は括弧内に上下巻の別、及び頁数を記す。

2　F. Scott Fitzgerald, *Tender Is the Night: A Romance*, (London: Penguin Books, 2000)

3　スコット・フィッツジェラルド『夜はやさし』森慎一郎訳（集英社、二〇〇八年）。村上は後年、本書に「器量のある小説」というタイトルで小文を寄稿することになる。

4　村上春樹『風の歌を聴け』（講談社、一九七九年）。

5　「彼はその分野では少しは名を知られた仏文学者であったらしいが、直子が小学校にあがるころに突然大学の職を辞し、それ以来気の向くままに不可思議な古い書物を翻訳するといった気楽な生活を送りつづけていた。堕天使や破戒僧、悪魔祓い、吸血鬼といった類の書物だ」『１９７３年のピンボール』（講談社、一九八三年）二〇頁。村上の中では、直子―フランス語（文学）―闇の世界というイメージが連鎖しているのかもしれない。

6　フランス語と死んだ恋人の関係については以下を参照。井上義夫『村上春樹と日本の「記憶」』（新潮社、一九九九年）三二一―三五頁。

7　『ノルウェイの森』の原型となった短編「螢」にも、直子の机の上に「フランス語の動詞表」が置かれている（「螢」三五）。この些細なアイテムが、長編化にあたって機能を劇的に拡張させていったものと考えられる。村上春樹『螢・納屋を焼く・その他の短編』（新潮社、一九八四年）。

8　『ノルウェイの森』の〈ドイツ〉要素に関しては加藤典洋の言及がある。氏は注の中で、僕のハンブルク空港着、ドイツ語学習、『魔の山』と阿美寮、永沢のドイツ赴任をあげている。『村上春樹イエローペ

ージ——作品別（1979—1996）』（荒地出版社、一九九六年）一一四—一五頁。

9　僕のルームメートが熱を出して招待券がふいになるというエピソードは短編「螢」にもあるが（「螢」三〇—三一）、何のコンサートだったのかについての言及はない。ブラームスのチケットであるというのは、『ノルウェイの森』執筆段階での加筆である。ちなみに、「螢」において「同居人」と名指されていた彼のことを「ナチだとか突撃隊だとか」（上・二六）周囲が呼ぶようになるのも『ノルウェイの森』においてである。「突撃隊」は、六月に「クラスの女の子」とデートするもののうまくいかず（上・五〇—五一）、翌月、帰省したまま二度と戻ることはない。「突撃隊の話を聞きたがっていた」（上・五〇）直子は、二十歳の誕生日にも「その人に会ってみたいわ、私。一度でいいから」と述べるが、結局実現しない。僕の阿美寮訪問時には彼は行方不明になっており、次第に話題にすら上らなくなる。「突撃隊がいてくれたらなあと僕は残念に思った。あいつさえいれば次々にエピソードが生まれ、そしてその話さえしていればみんなが楽しい気持ちになれるのに、と。」（上・二三五）。〈ドイツ〉突撃隊、と〈フランス〉阿美寮は相容れないのだ。

10　『ビートルズ全詩集』内田久美子訳（ソニー・ミュージック・パブリシング、二〇〇三年）一四二—四五頁。フランス人の娘ミッシェルにつたないフランス語を使って想いを伝えようとするイギリス人の男の子が歌詞の主体である。

11　「『ノルウェイの森』だけは例外で、最初につけたタイトルは『雨の中の庭』というものでした。でも途中からだんだん内容と雰囲気があわなくなってきて、結局今あるタイトルになりました。もし『雨の中の庭』というタイトルで小説を書きたいという方がいらっしゃったら、差し上げます。自由に使って下さい。といってもこれはもともとドビッシーの曲の題なんだけれど。」『夢のサーフシティー』（朝日新聞社、一九九八年）フォーラム25。

12　緑が通っていた「四ツ谷の駅からしばらく歩いたところにある」（上・一〇八）高校は雙葉学園であると想定される。サンモール修道院を母体とするためか、フランス語教育が盛んな学校のようである。

13　以下の論文は、本論と同じく、直子のフランス語と緑のドイツ語の対照性に着目している。徳永直彰「緑に向かって――『ノルウェイの森』の女たち」『埼玉大学紀要』（二〇〇八年）。

14　https://commons.wikimedia.org/wiki/Category:Aircraft_at_Hamburg_Airport#/media/File:Airbus-hamburg.jpg

15　吉田春生『村上春樹、転換する』（彩流社、一九九七年）九七頁の指摘。

16　永沢と僕を結びつけたのはフィッツジェラルドの『グレイト・ギャッツビー』であった。「『グレイト・ギャッツビー』を三回読む男なら俺と友だちになれそうだな」（上・五七）。ギャッツビーもまた〈フランス〉と〈ドイツ〉の間を彷徨った人物の一人なのかもしれない。初恋の相手デイジーと恋仲になりながらも、第一次世界大戦でフランスに送られた彼は、アルゴンヌの戦闘で戦功をあげて前線から退く。いわば死の世界〈フランス〉から生還したのだ。しかし、米国になかなか帰れないでいるうちに、デイジーは他の男と結婚してしまう。物語は帰国後の彼がデイジーを取り戻そうとする破滅的ロマンティシズムを中心に展開する。職業から経歴、出自にいたるまで虚偽でかためた主人公ギャッツビーの周囲では、なぜか彼がドイツ系であるという噂がたえない。「ドイツのスパイだった」「ドイツで一緒に育った」（八五）、あるいは、「ヴィルヘルム皇帝の甥だとか従兄弟」（六五）、「ヒンデンブルクの甥」（一一五）、などとささやかれている。しかし彼もまた結局、最愛の恋人デイジーに裏切られ、独り破滅へと向かうことになる。スコット・フィッツジェラルド『グレート・ギャツビー』村上春樹訳（中央公論社、二〇〇六年）。

17　僕と直子の味方として現れるレイコを悪玉として読み替え、直子を死に導いた嘘つき女だと指摘したのが以下の論文である。武内佳代「語り／騙りの力――村上春樹『ノルウェイの森』を奏でる女」『日本近代文学』八三号（二〇一〇年）。『ノルウェイの森』について書かれた最も衝撃的な論文である。

18　この文言の出典は『魔の山』である。サナトリウムで出会ったセテムブリーニが主人公ハンス・カストルプにこう告げる。「死に対して健康で高尚で、……宗教的でもある唯一の見方とは、死を生の一部分、その付属物、その神聖な条件と考えたり感じたりすることなのです。」トーマス・マン『魔の山』高橋義孝訳（新潮文庫、二〇一五年）上巻、四一九頁。

第五章　《対極》の詩学

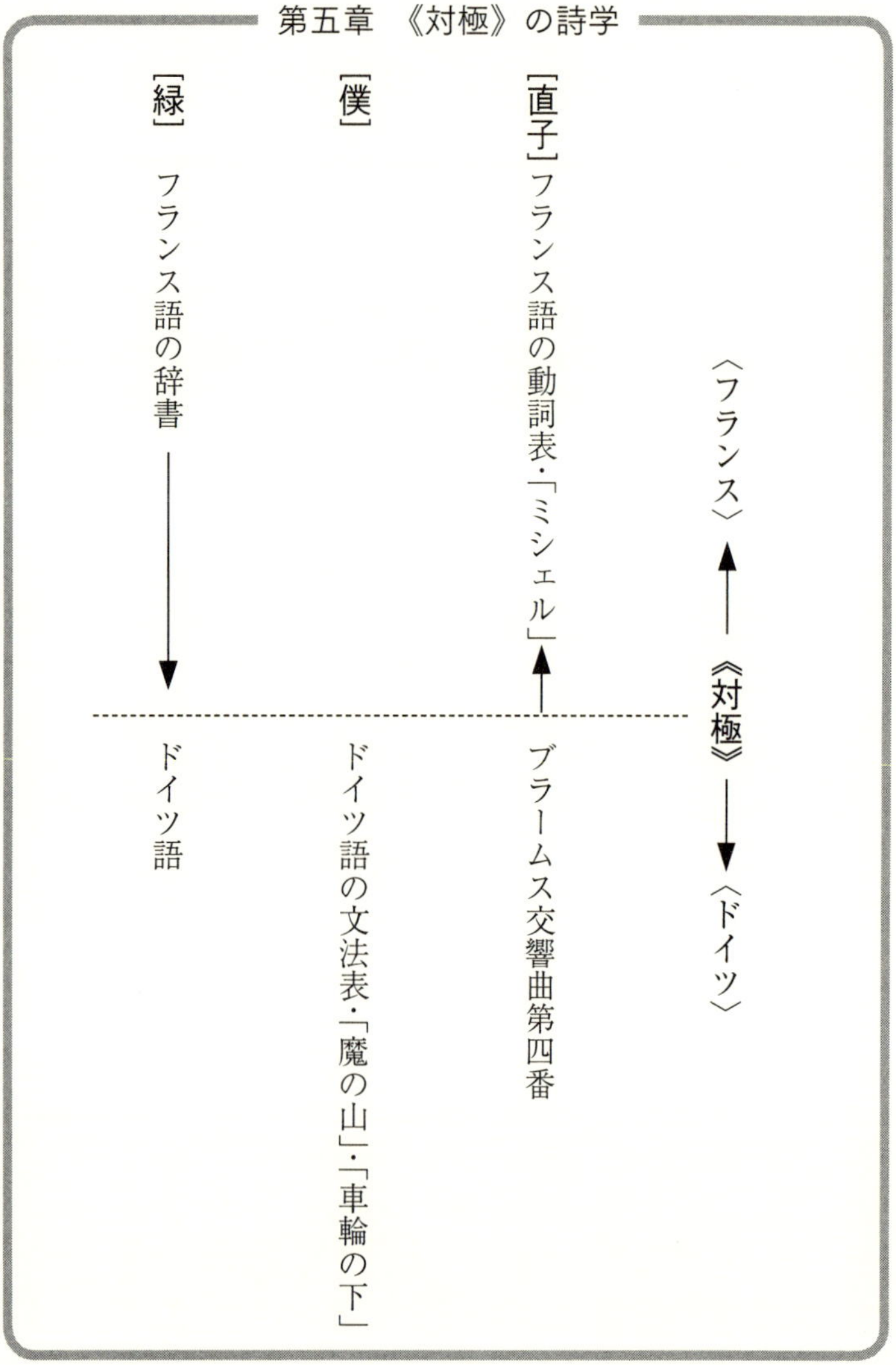
〈フランス〉
《対極》
〈ドイツ〉
[直子]フランス語の動詞表・「ミシェル」
ブラームス交響曲第四番
[僕]
ドイツ語の文法表・「魔の山」・「車輪の下」
[緑]
フランス語の辞書
ドイツ語

第六章

『ダンス・ダンス・ダンス』と《進化》の詩学

海に沈むマセラティ、
レイ・チャールズの歌声、
ユミヨシさんの耳

マセラティ

「何故人は死ぬの？」

「進化してるからさ。個体は進化のエネルギーに耐えることができないから世代交代する。もちろん、これはひとつの説に過ぎないけどね。」

…………………………………………

彼女はグラスの氷を指先でくるくると回しながら白いテーブル・クロスをじっと眺めていた。

「ねえ、私が死んで百年もたてば、誰も私の存在なんか覚えてないわね。」

「だろうね。」と僕は言った。

——『風の歌を聴け』

「そう、**ある日突然、僕はどうしても長い旅に出たくなったのだ**」（『遠い太鼓』[1] 一六）
四十歳を目前に控えた村上春樹は三年に渡る海外生活を始めた。当時の暮らしぶりはエッセイ集『遠い太鼓』から窺《うかが》い知ることができる。ギリシャで書き始めた『ノルウェイの森』をローマで完成させた彼は、その地で次作『ダンス・ダンス・ダンス』[2]の執筆を続ける。「だからこのふたつの小説には——僕にとってはということだが——宿命的に異国の影がしみついている」（『遠い太鼓』一七）——村上はそう述懐する。
「異国の影」——それが最終章の出発点である。鍵となるのは、村上がローマ滞在中に何度も訪れた美食と芸術の街・ボローニャだ。

> おいしいニョッキが食べたくなって、汽車に乗ってはるばる北のボローニャまで行く。僕はボローニャという町がなんとなく好きで、とくにこれといった用がなくてもふらっとここに行って、三、四日ゆっくりすることがある。ここの町には観光名所というのがほとんどないから、あまり観光客も来ない。町の規模も手頃で、ぶ

【図1】 ネプチューン像

らぶらと散歩するにもいい。　　　（『遠い太鼓』三一八）

村上はボローニャには「観光名所というのがほとんどない」と語るのだが、三千年の歴史を有する市街地には、ヨーロッパ最古のボローニャ大学をはじめ、サン・ペトロニオ聖堂、アシネッリの塔といった歴史的建築物が数多く存在する。その中で注目したいのは、観光の中心地マッジョーレ広場に隣接する「ネプチューンの泉」（図1）[3]である。噴水の中央に聳《そび》え立つのは、ローマ神話の海神ネプチューンだ。

実は、ボローニャの街を見下ろす、このネプチューン像が、小説『ダンス・ダンス・ダンス』の密かなモチーフとなっているのである。注目するポイントは右手に握られた槍。イタリア、そして三叉の槍、と言えば、自動車愛好家は、ある高級ブランドを思い起こすだろう――マセラティだ。一九一九年に、ここボローニャで自動車会社を創業したアルフィエーリ・マセラティは、「ネプチューンの泉」に因《ちな》み、三叉の槍をそのエンブレムにした（図2）[4]。高級外車マセラティこそが、「異国」イタリアが小説『ダンス・ダンス・ダンス』に投げかけた「影」なのだ[5]。

『ダンス・ダンス・ダンス』のストーリーの主軸には、雑誌ライターとなった三十四歳の僕と、中学時代の同級生にして人気俳優・五反田亮一の友情物語がある。二人が二十年ぶりに再会した日、五反田は運転手付きのメルセデス・ベンツで僕のアパートに乗り付ける。

「自分じゃこんなもの運転しない。僕自身はもっと小さい車が好きだな」
「ポルシェ?」と僕は訊いた。
「マセラティ」と彼は言った。 (上・二二六)

【図2】 マセラティのエンブレム

五反田の愛車マセラティは、その後、次第に不吉なイメージをまとい始める。別れた妻と密会するために、人目につく高級外車が不都合になった五反田。彼はマセラティと僕の国産自動車を一時的に交換するのだが、その際に、こんな軽口を叩いている。

「……気が向いたら海に放り込んでくれてもいい。本当にいいんだぜ。そうしたら次はフェラーリを買う。……」 (下・一六五)

この台詞には冗談では済まない何かが含まれていたことに、読者はのちになって気づく。「呪われたマセラティ」（下・一八六）は、やがてドライバーの運命を飲み込んでいくのだ。

「友達のよしみで、ひとつ頼みがある」と彼は言った。「もう一杯ビールが飲みたい。でも今は立ってあそこまで行く元気がない」
「いいですよ」と僕は言った。そしてカウンターに行って、またビールを二杯買った。カウンターは混んでいて、買うのに時間がかかった。グラスを両手に奥のテーブルに戻ったとき、彼の姿はなかった。レイン・ハットも消えていた。駐車場のマセラティもなくなっていた。やれやれと思った。そして首を振った。でもどうしようもなかった。彼は消えてしまったのだ。

40

マセラティが芝浦の海から引き上げられたのは翌日の昼過ぎだった。予想通りだったから、僕は驚かなかった。彼が消えた時から、僕にはそれがわかっていたのだ。

（下・二八〇―八一）

シェーキーズのピッツァを最後の晩餐とした五反田は、その夜、ビールのおかわりを口にすることもなく、芝浦埠頭に向かい、自らの命を絶つ。彼は、イタリア車・マセラティの呪いから逃れられずに、海の底へと沈んでいったのだ。

アルフィエーリ・マセラティは海神ネプチューンの槍を自動車のエンブレムにし、村上春樹はその槍をあしらった高級車マセラティを東京湾に還した。噴水の上に立つネプチューン像は、マッジョーレ広場に佇《たたず》む二人の姿を目にしているはずである。イタリア・ボローニャの「ネプチューンの泉」は、時代を超えて創造力の源泉となったのだ。

スバルと月世界の女たち

小説『ダンス・ダンス・ダンス』においては、僕が所有する中古の国産大衆車も、五反田のマセラティに負けず劣らず、重要な機能を果たしている。主人公・僕の運命は愛車の運命と共にあるのだ。

「スバル」と僕は言った。「中古の古い型のスバル。わざわざ口に出して褒めてくれる人は世間にあまりいないけど」
「よくわかんないけど、乗っていて何となく親密な感じがする」
「たぶんそれはこの車が僕に愛されているからだと思う」

（上・二〇三―〇四）

僕の愛車は、プレアデス星団・昴《すばる》の名を冠する富士重工のスバル・レオーネだ。そのエンブレムには夜空に浮かぶ星々が散りばめられている（図3）。[6] 五反田のマセラティが海を連想させるのと対照的に、僕のスバルは宇宙空間を連想させる。

五反田の運命と海が不気味な親和性をもっていたように、僕の未来と宇宙空間も、やはり、密接な関係性にある。たとえば、作品の冒頭部で、僕と恋人の間で交わされる会話を見てみよう。シリーズ前作の『羊をめぐる冒険』で描かれた離婚から五年が経ち、僕には電話局に勤める恋人がいる。

> 彼女は僕のことを月世界人か何かだと考えていた。「ねえ、あなたまだ月に戻らないの？」と彼女はくすくす笑いながら言う。……僕らは夜明け前の時間によくそんなふうに話をしたものだった。高速道路の音がずっと切れ目なく続いている。ラジオからは単調なヒューマン・リーグの唄が聞こえている。**ヒューマン・リーグ**。馬鹿気た名前だ。なんだってこんな無意味な名前をつけるのだろう？　（上・一六：傍線筆者）

二十六歳になる彼女は僕の非現実性を「月世界人」だと形容する。彼女から見れば、僕は「ヒューマン・リーグ」に属していないのだ。

「でもあなたもう三十三でしょう?」と彼女は言う。彼女は二十六だ。

「三十四」と僕は訂正する。「三十四歳と二ヵ月」

彼女は首を振る。そしてベッドを出て、窓のところに行き、カーテンを開ける。窓の外には高速道路が見える。道路の上には骨のように白い午前六時の月が浮かんでいる。彼女は僕のパジャマを着ている。

「月に戻りなさい、君」と彼女はその月を指し示して言う。

(上・一八)


「月に戻りなさい」――早朝の空に浮かぶ「月」を指差して、こう告げた彼女は後日、月面歩行をする宇宙飛行士の絵葉書を僕によこす。そこに添えられたメッセージは「私はたぶん近いうちに地球人と結婚することになると思う」(上・二三)というもの。彼女は、あの朝、僕にこんな言葉を残していた――「月世界の女の人と結婚して立派な月世界人の子供を作りなさい」(上・一九)

電話局の恋人が僕のもとを去った翌月のこと、一九八三年の三月に僕は「月世界」を訪れることになる。函館で取

【図3】 スバルのエンブレム

材の仕事をこなし、札幌に立ち寄った僕の目には、札駅《さつえき》の南に広がる市街地の情景がこんな風に映る。

しかしこの札幌の街で、僕はまるで極地の島に一人で取り残されてしまったような激しい孤独を感じた。情景はいつもと同じだ。どこにでもある情景だ。でもその仮面を剥いでしまえば、この地面は僕の知っているどの場所にも通じていないのだ。僕はそう思った。似ている――でも違う。まるで別の惑星みたいだ。言語も服装も顔つきもみんな同じだけれど、何かが決定的に違う別の惑星。ある種の機能がまったく通用しない別の惑星――でもどの機能が通用してどの機能が通用しないかはひとつひとつ確かめてみるしかないのだ。そして何かひとつしくじれば、僕が別の惑星の人間だということはみんなにばれてしまう。
（上・四九：傍線筆者）

「別の惑星」のような札幌の街で、僕は「『スターウォーズ』の秘密基地みたいな」（上・六三）ドルフィン・ホテルにチェックインをする。BGMには品の良い『ムーン・リヴァー』（上・一五五）が流れ、併設のゲーム・コーナーには「パックマンとギャラクシー」（上・一二〇）を備えた都市型ホテルだ。そこで僕は物語の鍵を握る二人の重要な女性に出会うことになる。

ドルフィン・ホテルで出会った一人目の「月世界人」はフロント係の女の子だ。


彼女の笑顔の中にはなにかしら僕の心をひきつけるものがあった。まるでホテルのあるべき姿を具現化したホテルの精みたいだ、と僕は思った。手に小さな金の杖を持ってさっと振ると、ディズニー映画みたいに魔法の粉が舞って、ルーム・キイが出てくるのだ。

（上・五四）


「ホテルの精」を思わせる彼女の「笑顔」に魅かれた僕は、滞在中に従業員と客の関係を越え、二人きりで夕食を共にし、彼女をアパートまで送って行ったりもする。しかし、チェックアウト時に二人が交わした会話はこんな調子だ。


「ところで君の名前は？」と僕は訊いてみた。

「今度会った時に教えてあげる」と彼女は言った。そして中指で眼鏡のブリッジを触った。

「もし会えたら」

「もちろん会えるよ」と僕は言った。
彼女は新月のように淡く物静かな微笑を浮かべた。（上・一八四）

ユミヨシという珍しい名をもつ女性は、「新月」のような微笑みを浮かべたまま、東京に戻る僕をクールに見送る。

ドルフィン・ホテルで出会ったもう一人の「月世界人」は少女・ユキである。初日の夜にバーを訪れた僕は、そこで一人、レモン・ジュースを飲んでいる彼女の姿を目にする。

バーの壁は全部ガラス窓になっていて、そこから札幌の夜景が見えた。ここにある何もかもが僕に『スター・ウォーズ』の宇宙都市を思い起こさせた。……
僕のすぐ右手のテーブル席には十二か十三くらいの女の子がウォークマンのヘッドフォンを耳にあてて、ストローで飲み物を飲んでいた。綺麗な子だった。長い髪が不自然なくらいまっすぐで、それがさらりと柔らかくテーブルの上に落ちかかり、まつげが長く、瞳はどことなく痛々しそうな透明さをたたえていた。（上・六四―六五）

母親に置き去りにされた少女ユキ。彼女を東京のアパートに送り届けることになった僕は、その後、親子ほどの年の差を越えて、十三歳のユキと親密な関係を結ぶ。

僕は翌月、ユキと一緒に二週間にも及ぶハワイ旅行に行くことになるのだが、その南国ハワイこそが、もうひとつの「月世界」でもある。「さあおいで、月が海の上に浮かんでいるうちに」――『ブルー・ハワイ』（下・九〇）が流れるホテルのバーでピナ・コラーダを飲み、『ムーン・グロウ』（下・九四）のバンド演奏を聴き、ピアニストが奏でる『スターダスト』や『ヴァーモントの月』（下・一二九）に耳を傾け、「月に照らされたビーチ」（下・一二五）を散歩したりする。そんな二人が暇な夜をやり過ごす為に鑑賞するのは、当時の世界的な大ヒット映画である。


『E.T.』をもう一度見たい、とユキが言った。

いいよ、夕食のあとで見にいこう、と僕は言った。

それから彼女は『E.T.』について話しはじめた。あなたがE.T.みたいだとよかったのに、と彼女は言った。そしてひとさし指の先で僕の額に軽く触れた。

「駄目だよ、そんなことしてもそこは治らない」と僕は言った。

ユキはくすくす笑った。


（下・一一六―一一七）

「あなたがE.T.みたいだとよかったのに」——そう言って人差し指を僕に向ける彼女自身もまたE.T.を演じている。地球に取り残された宇宙人E.T.を、子供たちが匿《かくま》い、宇宙に帰還させる本映画で最も有名なのは、自転車かごにE.T.を乗せたエリオット少年が月を横切る図像だろう。「月に戻りなさい」——電話局の恋人がこう告げた二か月後に、年の離れた二人のE.T.（"Extra-Terrestrial"「地球外」生物）は、ハワイという「月」で甘い時間を過ごすのである。

《進化》電話局の女、キキから、ユミヨシ、ユキへ

二人の「月世界人」、ユミヨシとユキに出会ったドルフィン・ホテル。僕がそこを訪れたのは今回が初めてではない。シリーズの前作『羊をめぐる冒険』で滞在していたのも、この奇妙なホテルだ。

とにかく不思議なホテルだった。

それは僕に生物進化の行き止まりのようなものを連想させた。遺伝子的後退。間違えた方向に進んだまま後戻りできなくなった奇形生物。進化のベクトルが消滅して、歴史の薄明の中にあてもなく立ちすくんでいる孤児的生物。

（上・七―八：傍線筆者）

一九七八年秋に僕が訪れたドルフィン・ホテルは、冴えない中年男が支配人を務めるみすぼらしい宿であった。それを僕は誤った「進化」の最終形態になぞらえている。しかしながら、四年半後のドルフィン・ホテルの外観は、まるで異なった様相を呈することになる。

ホテルはすぐにみつかった。それは二十六階建ての巨大なビルディングに変貌を遂げていた。バウハウス風のモダンな曲線、光り輝く大型ガラスとステンレス・スティール、……入り口の大理石の柱にはいるかのレリーフがうめこまれ、その下にはこう書かれていた。

「ドルフィン・ホテル」と。　（上・五〇）

一九八三年春に札幌を再訪し、劇的な「進化」を遂げたドルフィン・ホテルを目にした僕は、「月にだって届きそうなくらい」（上・五一）の溜息をついて驚嘆する。予想を遥かに超えたドルフィン・ホテルの《進化》は、本作を貫く重要なモチーフとなる。《進化》はホテルだけでなく、意外な登場人物たちの間にも起こっているからだ。たとえば、ドルフィン・ホテルで出会った二人の女性、ユミヨシとユキが、実は、電話局に勤める僕の恋人の《進化》した存在だと考えれば、確かに幾つかの点で合点がいくのである。三人の女性たちに共通するのは、「二十六」という数字だ。二月に別れた電話局の女の子の年齢は「二十六」（上・一八）であり、翌月に出会うユミヨシは「二十六階建て」（上・五〇）のドルフィン・ホテルに勤務する。そして、年齢こそ半分の「十三」であるものの（上・一八二）、同日に僕が少女ユキを目に留めたのは、その「二十六階にあるバー」（上・六四）でのことであった。「二十六」を巡る彼女たちの符合は単なる偶然だろうか。もちろん、そうかもしれない。

　しかし、もう一人の人物が同じく「二十六」という数字を有する可能性を考慮に入れれば、《進化》の系統図はより正確に描けるだろう。その人物とは、『羊をめぐる冒険』において僕の恋人であった「耳」の女の子である。彼女は当時、すなわち一九七八年秋において「二十一歳」[7]であるとされており、四年半後の一九八三年春を舞台にした本作では、やはり、「二十六」歳になっている可能性がある。ただし、新たに「キキ」という名前が明かされた「耳」の女の子の現在の年齢には、享年という言葉が加えられなくてはならない。キキは、おそらく、小説『ダンス・ダンス・ダンス』が始まったのと時を同じくして、死んでいるのだ。

　以上を整理すれば、つまり、こういうことになる――二月に僕のもとを去った電話局の恋人、あるいは、同月に死んだ昔の恋人・キキが、三月に札幌で出会った二人の女性、ユミヨシとユキに《進化》している可能性があるのだ。

電話局の女の子と「耳」の女の子・キキ――もしも、ドルフィン・ホテルにいた二人の女性が、どちらか一方から《進化》したのだとすれば、やはり、それは生きている電話局の女の子ではなく、死んだキキからなのだろう。というのも、『ダンス・ダンス・ダンス』における《進化》の法則には、おそらく、死ぬことが前提とされているからだ。

「ジューン」と僕はふと思いついて言った。「ねえ君、ひょっとして先月はメイって言わなかった？」

ジューンは楽しそうにははははと笑った。「面白いわねえ。私ジョークって好きよ。来月はジュリーっていうのかしら。八月はオージー」

冗談で言ってるんじゃないんだと僕は言いたかった。本当に先月メイという女の子と寝たんだと。（下・一〇〇）

ハワイでの滞在中に現れたコール・ガールが、ジューンという名前であったことに僕は驚く。同月初旬に、キキの同僚でもあったメイというコール・ガールが赤坂のホテルで何者かにストッキングで絞殺され、僕は警察で厳しい取調べを受けていたからだ。ここに示された《進化》の法則は、命を失った者が、何らかの共通項をもつ他者として〈再帰〉するというものである。月の名前をもったメイが、同じく月の名前を持ったジューンに《進化》したように。あるいは、『羊をめぐる冒険』において、二十六で死んだ「誰とでも寝る女の子」が、コール・ガールのキキに《進化》し、そしておそらく彼女も二十六で命を絶たれたように。[8]

　二月に殺されたキキが三月にユミヨシとユキへと《進化》する——最も可能性が高いのは、やはり、その筋書きだろう。というのも、東京の電話局に勤める恋人と違い、三人には「ドルフィン・ホテル」という余りに明確な共通項があるのだ。

> 僕はその時はまだ二十代だった。僕はある女の子と二人でそのホテルに泊まった。彼女がそのホテルを選んだ。そのホテルに泊まろうと彼女が言ったのだ。そのホテルに泊まらなくては、と彼女は言ったのだ。もし彼女が要求しなかったら、僕はいるかホテルになんてまず泊まらなかっただろうと思う。
>
> （上・六—七）

実は、キキこそが一九七八年秋に僕をドルフィン・ホテルに連れて行った張本人なのだ。彼女は、その直後の失踪から四年半を経て、再び夢の中に現れ、僕を同じ場所に導いていく。小説の冒頭に戻ろう。

> よくいるかホテルの夢を見る。
> 夢の中で僕はそこに含まれている。つまり、ある種の継続的状況として僕はそこに含まれている。夢は明らかにそういう継続性を提示している。夢の中ではいるかホテルの形は歪められている。とても細長いのだ。あまりに細長いので、それはホテルというよりは屋根のついた長い橋みたいにみえる。その橋は太古から宇宙の終局まで細長く延びている。そして僕はそこに含まれている。そこでは誰かが涙を流している。僕の為に涙を流しているのだ。（上・五）

そもそも、三月に僕が札幌を訪ねたのは、二月の末にドルフィン・ホテルが夢に現れ、そこでキキが僕の為に泣いていたからなのだ。「太古から宇宙の終局まで」続く「いるかホテル」で、キキは死してなお、別の誰かに《進化》したのだろう。だとすれば、僕がそこで出会った二人の魅力的な女性が、《進化》を遂げたキキだったとしても、筋道は通っている。――仮に、その全てが僕の幻想であったとしても。

僕の周囲の女性の間で起こる《進化》のメカニズムについて、ドルフィン・ホテルの暗闇に棲む異界の存在・羊男は、それを僕の独自の「傾向」（上・一五〇）に由来するのだと指摘している。

「あんたはこれまでにいろんな物を失ってきた。いろんな大事なものを失ってきた。それが誰かのせいかというのは問題じゃない。問題はあんたがそれにくっつけたものにある。あんたは何かを失うたびに、そこに別の何かをくっつけて置いてきてしまったんだ。まるでしるしみたいにね。……」（上・一五〇）

僕は〈喪われた恋人〉直子に「誰とでも寝る女の子」を「くっつけ」、「誰とでも寝る女の子」に「耳」の女の子、すなわちキキを「くっつけ」、そしてキキが死んだ今、おそらく、ドルフィン・ホテルで出会ったユミヨシとユキを彼女に「くっつけ」ようとしているのだ。

《進化》いわしの〈埋葬〉からキキの〈埋葬〉へ

キキは本当に死んでいるのか——それについては、確証があるわけではない。のちに僕の夢に現れたキキ自身はこんなことを語っている。

「ねえ、キキ、君は死んだのかい?」と僕は訊いた。

光の中で彼女はくるりと身を回転させて僕の方を向いた。

「五反田君のこと?」

「そうだよ」と僕は言った。

「五反田君は自分が私を殺したと思っているわ」とキキは言った。（下・三〇一—〇二）

本作において、異界の者としての要素をより色濃くしていくキキは、通常の意味での生死を超越した場所にいるのかもしれない。

しかし、夢に現れたキキ本人の認識とは関係なく、五反田にはキキを殺した手ごたえがある。人生最期の夜、シェーキーズのピザを前に、彼は深刻な告白をする。

僕はキキを絞め殺したような気がするんだ。あの僕の部屋で僕はキキの首を絞めた。そういう気がする。……僕は彼女の死体を車で運んで何処かに埋めた。どこかの山の中に。でもそれが事実だという確信が持てない。（下・二七〇）

キキの「首を絞め」て「山の中に」「埋めた」感覚から逃れられなくなった五反田は、そのことを気に病み、再び、愛車マセラティを駆って深夜の東京湾に飛び込むのだ。

五反田が取り憑かれた不可解なキキ殺害幻想。その謎を解く鍵は、おそらく殺害方法にある。彼は単に殺したのではなく、「首を絞め」たのだ。彼女を愛車マセラティで海に沈めることもできたはずの五反田は、なぜ自らの手でキキを絞殺しなくてはならなかったのか。

「金属バットで叩き殺すのはどうだろう？　絞め殺すのは時間がかかる」

「正論だ」と五反田君は言った。「でもできることなら絞め殺したい。一瞬で殺すのはもったいない」（下・一六二）

芸能界に跋扈《ばっこ》する下劣な人間の悪口を言った時のこと、冗談で金属バット殺人を提案した僕に、五反田はこう答えていた。この時の会話は、五反田の死後、僕の頭の中で以下のように形を変えて反復されることになる。

金属バットで殴り殺せばいいんだ、と五反田君が言った。その方が簡単だし、早い。いや、そうじゃない、と僕は言った。そんなに早く殺しちゃもったいない。ゆっくりと

絞め殺してやる。（下・二八四）

殺害方法をめぐって、五反田と僕の意見が入れ替わるこの妄想は、五反田によるキキの絞殺が、僕の象徴的な代理殺人である可能性を仄《ほの》めかしているのかもしれない。「君は人を殺すタイプじゃない」（上・三三八）「おたくは人を殺すタイプじゃないです」（下・二二六）——そう言われ続ける一方で、クリント・イーストウッドの映画『奴らを高く吊るせ』（下・九四）を見ている僕。そんな僕が「僕自身の一部」（下・二六二）だと述べる五反田は、おそらく僕の秘められた願望の遂行者として存在しているのだ。しがない雑誌ライターと超人気俳優の二人は、「やってることは違っても、僕らは似たもの同士だぜ、ウー・シャシャ、エヴリデイ・ピープル」（下・三〇—三一）なのだ。[9]

では、僕はなぜ昔の恋人であったキキを、たとえ無意識下であろうと、殺したいなどと思うのか。僕の暗い欲望が向かう先は、あるいは、殺害ではなく、〈埋葬〉であったのかもしれない。

僕はキキのことを考えた。僕はキキの顔を思い出した。「どうしたっていうのよ」と彼女は言った。彼女は死んでいて、穴に横たわり、その上から土がかけられた。死んだいいわしと同じように。結局のところキキは死ぬべくして死んでしまったのだという気がした。

（下・二六〇）

「いわし」――この奇妙な名をもつ飼い猫を〈埋葬〉した僕の経験が、五反田によるキキの〈埋葬〉へと、いわば《進化》していったのではないだろうか。キキと交際していた一九七八年には既に老猫であった「いわし」は、彼女が失踪した翌年に息を引き取る。完全に一人ぼっちとなった僕は、その死体を車に積んで埋めに行く。

適当に山深くなったところで僕は高速道路を下り、適当な林をみつけてそこに猫を埋めた。林の奥の方にシャベルで一メートルほどの深さの穴を掘り、西友ストアの紙袋でくるんだままの「いわし」を放り込み、その上に土をかけた。悪いけど、俺たちにはこれが相応なんだよ、と僕は最後に「いわし」に声をかけた。僕が穴を埋めているあいだ、どこかで小鳥がずっと啼き続けていた。

（上・三二一：傍線筆者）

僕は車を西に走らせて「山」に入り、シャベルで穴を掘って「いわし」を埋める。それから四年の歳月を経て、五反田がキキに対して反復したのは、おそらくこの行為なのだ。キキをマセラティに積んだ五反田は、海ではなく「山」に向かい、シャベルで穴を掘る。彼の背後には、七九年に「適当な林をみつけて」「いわし」を埋めた僕がいる。

そして、その更に背後に潜むのは、やはり、七〇年に「林」の中で命を絶った〈喪われた恋人〉直子なのだろう。

《進化》直子の〈埋葬〉からキキの〈埋葬〉へ

第二作『1973年のピンボール』で直子と名付けられる女の子は、処女作『風の歌を聴け』に「三人目の相手」として登場する。

> 三人目の相手は大学の図書館で知り合った仏文科の女子学生だったが、彼女は翌年の春休みにテニス・コートの脇にあるみすぼらしい雑木林の中で首を吊って死んだ。彼女の死体は新学期が始まるまで誰にも気づかれず、まるまる二週間風に吹かれてぶら下がっていた。今では日が暮れると誰もその林には近づかない。
>
> （『風の歌を聴け』九四：傍線筆者）[10]

「林」の中で「いわし」を〈埋葬〉する僕の脳裏に浮かんでいたのは、「林」の中に「まるまる二週間ぶら下がっていた」恋人の姿だったのではないか——というのは、幾分、テキストの空白部を読み過ぎているのかもしれない。

直子の死について徹底的に沈黙を守る『ダンス・ダンス・ダンス』の僕は、その胸に秘めた想いを、彼女の代替物を通して吐露しているようでもある。たとえば、飼い猫「いわし」の埋葬後の場面だ。


穴をすっかり埋めてしまうと、僕はシャベルを車のトランクに入れ、高速道路にもどった。そしてまた音楽を聴きながら、東京に向けて車を走らせた。

何も考えなかった。僕はただ音楽に耳を澄ませていた。

ロッド・スチュアートとJ・ガイルズ・バンドがかかった。それからアナウンサーがここでオールディーズを一曲、と言った。レイ・チャールズの『ボーン・トゥー・ルーズ』だった。それは哀しい曲だった。「僕は生まれてからずっと失い続けてきたよ」とレイ・チャールズが唄っていた。「そして僕は今君を失おうとしている。」その唄を聴いていて、僕は本当に哀しくなった。涙が出そうなほどだった。ときどきそういうことがある。何かがちょっとした加減で、僕の心の一番柔らかな部分に触れるのだ。

（上・三三一—三三二）

「いわし」を埋めた帰途、ラジオから流れるレイ・チャールズの『ボーン・トゥー・ルーズ』を聴いた僕は不覚にもひどく取り乱す。「僕は生まれてからずっと失い続けてきたよ」――もちろん、そこには九年前に死んだ直子の存在が含まれているはずである。しかし、彼女の名が言及されることは遂になく、僕の感傷的な想いだけが綴られていくのだ。〈喪われた恋人〉について言葉にしないこと――その信条については、おそらく、別の機会に僕の口から語られている。母親の愛人ディック・ノースの死に際し、邪険に扱った自分の過去の振る舞いを後悔する少女・ユキ。そんな彼女を僕は慰めることもなく、厳しく叱責し、こう諭す。

「いったい私はどうすればいいのかしら?」と少しあとでユキは言った。
「何もしなくていい」と僕は言った。「言葉にならないものを大事にすればいいんだ。それが死者に対する礼儀だ。時間が経てばいろんなことがわかるよ。残るべきものは残るし、残らないものは残らない。時間が多くの部分を解決してくれる。時間が解決できないことを君が解決するんだ。……」
（下・一九七）

「言葉にならないものを大事に」すべきであり、それが「死者に対する礼儀」だと僕は言う。

「……人というものはあっけなく死んでしまうものだ。人の生命というのは君が考えているよりずっと脆いものなんだ。だから人は悔いの残らないように人と接するべきなんだ。公平に、できることなら誠実に。そういう努力をしないで、人が死んで簡単に泣いて後悔したりするような人間を僕は好まない。個人的に」（下・一九七）

珍しいことに、ユキに対する説教は一向に止むことなく、その雄弁さを増していくのだ。死者に対するストイックな姿勢は、『風の歌を聴け』以来、十三年にわたって直子の死について考え続けてきた語り手・僕の結論として受け取ることが可能だ。僕は死んでしまった直子に対し、本当に「誠実」であったかの確信がもてず、そうである以上、死を悼んで「簡単に泣いて後悔したり」することができない。

行き場を失った直子への哀惜の念は、飼い猫「いわし」の死に仮託されて表出され、そこで行われた九年越しの《鎮魂》の儀式は、もう一人の自分である五反田に引き継がれていく。キキを自らの手で絞殺した五反田は、彼女の遺体を海に放り込むのでなく、シャベルを使って土の下に〈埋葬〉する。それは、「雑木林の中で」「風に吹かれてぶら下がっていた」直子を、十三年の時空を超えて、仮想的に〈埋葬〉する作業だったのかもしれない。

否定される《進化》、キキからユキへ

キキは本当に死んでいるのか――もしも、今もなお、超自然的に存在し続けているのなら、彼女が少女ユキに《進化》する必要はない。しかし、二人の属性には一種の超能力者であるという共通項があるのも確かだ。シリーズ前作『羊をめぐる冒険』で、耳の広告モデルとして登場したキキの「耳」は、驚異の現象を引き起こすことができる。

> 「……彼女は営業用に耳を出す時には――つまりモデルをする時には――意識的に耳を閉鎖するんだ。だから個人的な耳というのは、それとはまったく違う。わかるかな、彼女が耳を見せると、それだけでそこにある空間が変化してしまうんだ。世界のありようが一変するんだ。……」
> （下・二一六：傍線筆者）

十二歳の頃から、キキは耳を「閉鎖」することによって、その能力を抑制しているのだと言う。一方で、ユキもある種の能力を「閉じる」ことによって日常を送る。

「……感覚を閉じちゃうの。そうしたら何も見えない。何かがあることはわかる。でも見えない。そのままとじっとしてれば、何も見なくてすむ。ほら映画なんかで怖いものが出てきそうになると目を閉じるでしょう、あれと同じこと。それが通りすぎてしまうまで閉じてるの。じっと」

（上・三二〇：傍線筆者）

人に見えないものを感知してしまい、いじめられた経験をもつユキもまた、普段はその感覚を「閉じ」てやり過ごしている。

キキからユキへ――名前も類似した二人の超能力保持者の間に起こった《進化》の可能性は、しかし、ユキが初登場した段階で否定されているのかもしれない。ドルフィン・ホテルのバーでジュースを飲んでいたユキのトレーナーには「GENESIS」というロゴ（図4）が入っていたのだ。

ジェネシス――また下らない名前のバンドだ。

でも彼女がそのネーム入りのシャツを着ていると、それはひどく象徴的な言葉であるように思えてきた。**起源**。

でも、と僕は思った、どうしてたかがロック・バンドにそんな大層な名前をつけなくてはならないのだ？
僕は靴を履いたままベッドに横になって、目を閉じて彼女のことを思い出してみた。ウォークマン。テーブルをこつこつと叩く白い指。ジェネシス。溶けた氷。**起源**。

（上・六七：傍線筆者）

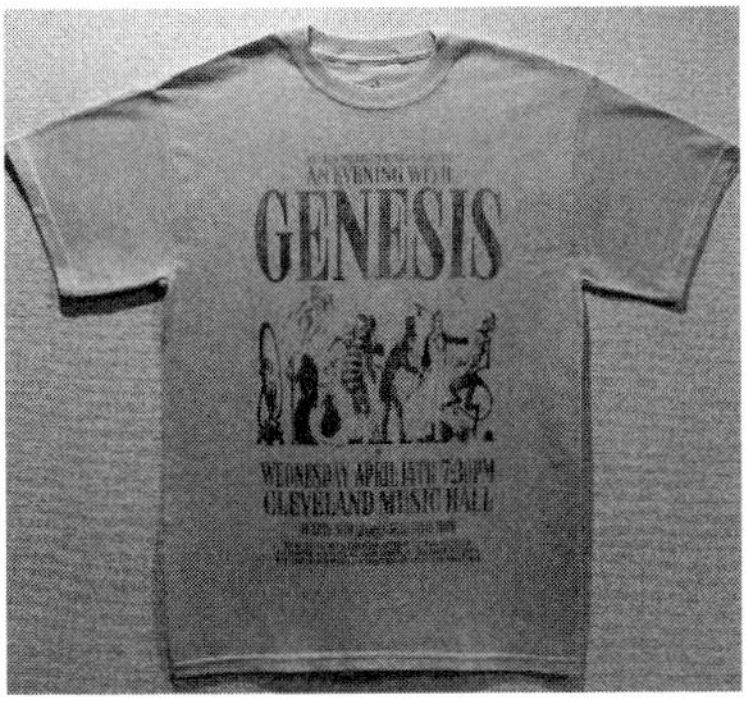

【図４】「ジェネシス」のシャツ

「ジェネシス」という単語に「象徴的」な意味を僕は読み込む。そこに何を見たのかは明らかにはされないが、ユキこそが誰の生まれ変わりでもない「起源」である、というのが真意なのかもしれない。英語の"genesis"という単語は「起源」という意味の一般名詞であるよりも、むしろ『創世記』と訳される聖書の最初の巻の呼称として知られている。当然、冒頭にあるのは、神が天地を創造し、人間と各種の生物を創造した場面だ。それは、後にダーウィンによって唱えられた進化論と鋭く対立する観念である。『創世記（Genesis）』によれば、生物は原初からそれぞれの種に固定されていたのであり、世代交代していく間に異なる種に《進化》するのではない。ユキこそが、《進化》の概念を免れた「起源」なのだ――それがトレーナーに記された「GENESIS」という文言が「象徴」することなのかもしれない。

一九八三年春の段階で十三歳であったユキは、その生年が直子が死んだ一九七〇年である可能性がある。にもかかわらず、彼女は直子の生まれ変わりでは決してなく、直子が《進化》を重ねて到達した異界の者・キキが、更なる《進化》を遂げて姿を現した超能力少女などでもない。

僕が立ち上がると、彼女はふと目を上げて僕を見た。そして二秒か三秒僕の顔を見てから、ほんの少しだけにっこりと微笑んだ。あるいはそれはただの唇の微かな震えだったかもしれない。でも僕には彼女が僕に向かって微笑みかけたように見えたのだ。それで――とても変な話なのだけれど――胸が一瞬震えた。僕は何となく自分が彼女に選ばれたような気がしたのだ。それはこれまで一度も経験したことのない奇妙な胸の震えだった。

（上・六六―六七：傍線筆者）

ドルフィン・ホテルで初めてユキを見た時に、僕が彼女の笑顔に感じたのは、確かに「一度も経験したことのない奇妙な胸の震え」であった。そこにある微笑みは、僕の記憶に残り続ける直子の「チェシャ猫」[11]のような笑い顔では決してない。

キキの影から逃れたユキは、羊男が危惧したように、僕によって、別の誰かに「くっつけて置いて」いかれることなく、六月のある日、自らの意志で別れを告げる。「でも私はずっとあなたのことを好きだと思うわ……」(下・二九二)――そんな言葉を残して立ち去るユキ。その後ろ姿を愛車スバルの中で見送った僕に残されたのは、遠く札幌のドルフィン・ホテルにいるユミヨシだけだ。

否定される《進化》、キキからユミヨシへ

少女ユキが去って行った数日後に、僕はフロント係のユミヨシに会うべく、ドルフィン・ホテルに向かう。最終的に僕が描いた計画は、札幌にスバルを持ち込み、そこで新たに仕事を見つけようというものだ。「月に戻りなさい」――電話局の恋人が四か月前に忠告したように、愛車スバルは、やがて僕を「別の惑星」札幌に連れていき、「月世界人」ユミヨシとの新生活へと導いていくのである。

しかし、僕がどうしても払拭できないのは、これまでに関わりのあった女性と同じく、ユミヨシを不幸にしてしまうのではないかという疑念だ。

彼女は僕と一緒になると、やはりいつか傷つくことになるだろうか？　別れた妻が予言したように、僕は関わり合いになる女性のすべてを結局は傷つけていくことになるのだろうか？　僕は自分のことしか考えない人間だから、他人を好きになる資格なんてないのだろうか？（下・一七一）

ユミヨシを「傷つけて」しまうかもしれない——僕の心配は、水泳教師・五反田が彼女をプールで誘惑する妄想を生み（下・一七八—七九）、ホテルの壁に彼女が吸い込まれていってしまう悪夢を見させたりもする（下・三三三—三四）。ユミヨシにはキキの運命が丁寧に重ねられていくのだ。

ユミヨシを幸せにするためには、キキの呪縛から解き放ち、《進化》の連鎖から離脱させなければならない。かつて、彼女の勤務するドルフィン・ホテルの暗闇の中で、羊男がこう言っていたように。

「……あんたは何かを失うたびに、そこに別の何かをくっつけて置いてきてしまったんだ。まるでしるしみたいにね。あんたはそんなことをするべきじゃなかったんだ。あんたは自分のためにとっておくべき物までそこに置いてきてしまったんだな。……」

（上・一五〇）

ユミヨシを失われたキキに「くっつけ」たりせず、「自分のためにとっておく」こと。それが僕に課せられた最後の使命となる。

しかし、少女ユキと同様、ユミヨシの中にも《進化》したキキの姿を見出すことは容易《たやす》い。

ベッドの中で本を読んでいると四時にドアにノックの音がした。開けると彼女が立っていた。眼鏡をかけて、ライト・ブルーのブレザー・コートを着たフロントの女の子だった。彼女は少しだけ開いたドアの隙間からひらべったい影のようにするりと部屋の中に入って素早くドアを閉めた。

「こんなところみつかったら、私クビになっちゃうのよ。……」　（上・一二〇―一二一）

ドアを開けると、そこにユミヨシさんが立っていた。彼女はライト・ブルーの制服のブレザー・コートを着ていた。彼女はいつもと同じようにドアのすきまからするりと部屋に入った。　（下・三一二）

> ユミヨシさんは夕方の六時半にやってきた。彼女はやはり制服のままだったが、ブラウスが違うかたちのものになっていた。そして今度はちゃんと着替えや洗面用具や化粧品をいれた小さなビニールのバッグを持っていた。
> 「いつかばれる」と僕は言った。　（下・三三二）

僕の部屋を何度も訪れるユミヨシの行動には、キキのコール・ガール的な職業属性を見ることができるのだ——「私が毎日昼間このホテルで働いて、夜になったらこうしてあなたの部屋にそっと忍び込んできて、二人で抱きあって眠って……」（下・三三二）。僕はこう答えている——「札幌でアパートを借りる。そして新しい生活を始める」（下・三三四）。僕は何とかユミヨシをキキの影から引き離し、「現実」に着地させようと努力する。その試行錯誤の跡は、ドルフィン・ホテル——それは不吉にも、かつてキキと関係をもった場所である——の一室で、僕がユミヨシと初めて結ばれることになった時にも、見て取ることができる。

> 僕の現実の指がユミヨシさんの現実の肌を撫でているのだ。
> 「現実だ」と僕は言った。

ユミヨシさんは僕の首に顔を埋めていた。僕は彼女の鼻先の感触を感じた。暗闇の中で僕は彼女の体の隅から隅までをひとつひとつ確かめていった。肩から、肘、手首、手のひら、そして十本の指の先まで。僕はどんな細かいところも抜かさなかった。僕はそれを指で辿り、そこに封印をするみたいに唇をつけた。そして乳房と腹、脇腹、背中、足、そんなひとつひとつの形を僕は確かめ、そして封印をした。そうする必要があったのだ。そうしなくてはならなかったのだ。

(下・三二六—一七：傍線筆者)

「現実」——僕が繰り返すこの言葉が意味するのは、ユミヨシは生身の人間であるということなのだろう。初めてユミヨシと出会った時の印象は、確かに「現実」から遊離したものであった。しかし、その「笑顔」に魅了されてから四か月が過ぎ、今、僕が目の前にしているユミヨシは、もちろん「魔法の粉」を振る「ホテルの精」(上・五四)などではない。そして、彼女はもちろん、キキの《進化》した異界の者などであってもならない。

如何にしてユミヨシからキキの影を振り払うのか。その鍵は、先ほど、僕が彼女の肉体の各部位に施した「封印」という謎の行為の中に秘められている。この小説の最終場面を引用しよう。

現実だ、と僕は思った。僕はここにとどまるのだ。

やがて時計の針は七時を指し、夏の朝の光が窓から差し込んで、部屋の床にほんの少しだけ歪んだ四角い図形を描いた。ユミヨシさんはぐっすりと眠っていた。僕は静かに彼女の髪を上げて耳を出し、そこにそっと唇をあてた。（下・三三八：傍線筆者）

遂にユミヨシの髪に隠されていた「耳」を出した僕は、そこに口づけをする。この愛情表現に擬せられた行為が儀式性をもつことは明らかである。キキのもっていた超能力がユミヨシの「耳」に継承されぬよう、僕は唇で「封印」したのだ。直子から始まった《進化》は、おそらく、この瞬間に連鎖の輪を断ち切られたのだろう。ユミヨシの耳に施された「封印」は、直子の魂に捧げられた、僕の最後の《鎮魂》の儀式だったのかもしれない。

そして、いよいよ全シリーズを締めくくる台詞が口にされる。それにあたって、散々、逡巡を重ねた僕の脳裏をかすめたのは、おそらく四か月前に別れた電話局の恋人の言葉だ――「とにかく時々、月にいるみたいに空気が薄くなるのよ、あなたと一緒にいると」[12]（上・一七）。もちろん、僕の心配は杞憂となる。札幌は今、「月世界」ではなく、「現実」なのだ。

なんて言えばいいのかな、と僕はそのまま三分か四分くらい考えていた。いろんな言い方がある。様々な可能性があり、表現がある。上手く声が出るだろうか？　僕のメッセージは上手く現実の空気を震わせることができるだろうか？　いくつかの文句を僕は口の中で呟いてみた。そしてその中からいちばんシンプルなものを選んだ。

「ユミヨシさん、朝だ」と僕は囁いた。

（下・三三八）

ドルフィン・ホテルで僕は新しい恋人・ユミヨシと新しい一日を迎える。二人を包む「夏の朝の光」は「夜になると誰も近づかない林」をも明るく照らしていることだろう。しかし、あれから十三年が経った今、直子は最早そこにはいない。かと言って、僕の隣りで間もなく目を覚ますユミヨシも《進化》した直子ではない。では一体、彼女は今どこにいるのか……。

1　村上春樹『遠い太鼓』（講談社、一九九〇年）。

2　村上春樹『ダンス・ダンス・ダンス』（講談社、一九八八年）。本書から引用する際は括弧内に上下巻の別、及び頁数を記す。

3　https://upload.wikimedia.org/wikipedia/commons/1/19/Neptune_fountain02.jpg

4　https://commons.wikimedia.org/wiki/Category:Maserati_logos#/media/File:2006_Maserati_Quattroporte_-_Flickr_-_The_Car_Spy_(31).jpg

5　イタリア滞在が作品に及ぼした影響については、実際にローマに飛んだ鈴村和成の考察がある。鈴村はエッセイ集『遠い太鼓』を片手に、「ローマ三大小説」（『ノルウェイの森』・『ダンス・ダンス・ダンス』・短編集『TVピープル』）について自由に思索を展開する。『ノルウェイの森』の装丁の赤と緑が、イタリア国旗に由来するのではないかとする発想は楽しい。『村上春樹・戦記――「1Q84」のジェネシス』（彩流社、二〇〇九年）一二八頁。

6　https://commons.wikimedia.org/wiki/File:Subaru_Logo_alt.svg?uselang=ja

7　村上春樹『羊をめぐる冒険』（講談社、一九八二年）四三頁。

8　ちなみに、妻と離婚したのも彼女が「二十六になろうとしていた」（『羊をめぐる冒険』三七頁）タイミングであった。「二十五」、「二十六」という数字は第三章でも議論したように、村上にとって特権的な数字のようだ。小林は、村上作品に頻出する二十五、二十六という数字を網羅的に集めた上で、「『二十五』は上限値にとどまらず、必ずや、『二十六』への越境を志向する境界的な数値である」と述べている。小林正明『村上春樹・塔と海の彼方に』（森林社、一九九八年）五二頁。

9　僕と五反田の関係について、加藤は「二人はある意味では互いに他を奪われた半身同士」だと述べ、福田は「同種の人間であり、相似形」だとする。更に福田は「五反田君は『僕』の代わりに、娼婦を絞殺したのだ、間違いなく」と付け加えている。加藤典洋『村上春樹イエローページ──作品別（1979─1996）』（荒地出版社、一九九六年）一五六頁。福田和也『村上春樹12の長編小説　1979年に開かれた「僕」の戦線』（廣済堂出版、二〇一二年）一〇六頁。ちなみに、福田は本書で、僕と五反田の関係の基底に、『ロング・グッドバイ』のフィリップ・マーロウとテリー・レノックスの関係を見ているが、村上は自身が翻訳したこともある『ロング・グッドバイ』について、「作者のチャンドラーは自分自身を「マーロウ側」と「レノックス側」という二つの人格に分裂させていたのではないでしょうか。だからこそ両者は強く惹かれ合ったのであるまいか」と述べている。村上春樹『村上さんのところ　コンプリート版』（新潮社、二〇一五年）。

10　村上春樹『風の歌を聴け』（講談社、一九七九年）。

11　村上春樹『1973年のピンボール』（講談社、一九八〇年）九頁。

12　この台詞には、処女作『風の歌を聴け』における「今、僕は語ろうと思う」という言葉が呼応しているのだと中村は指摘する。中村三春「『風の歌を聴け』『1973年のピンボール』『羊をめぐる冒険』『ダンス・ダンス・ダンス』四部作の世界──円環の損傷と回復」『國文學　解釈と教材の研究』（學燈社、一九九五年三月）七七頁。

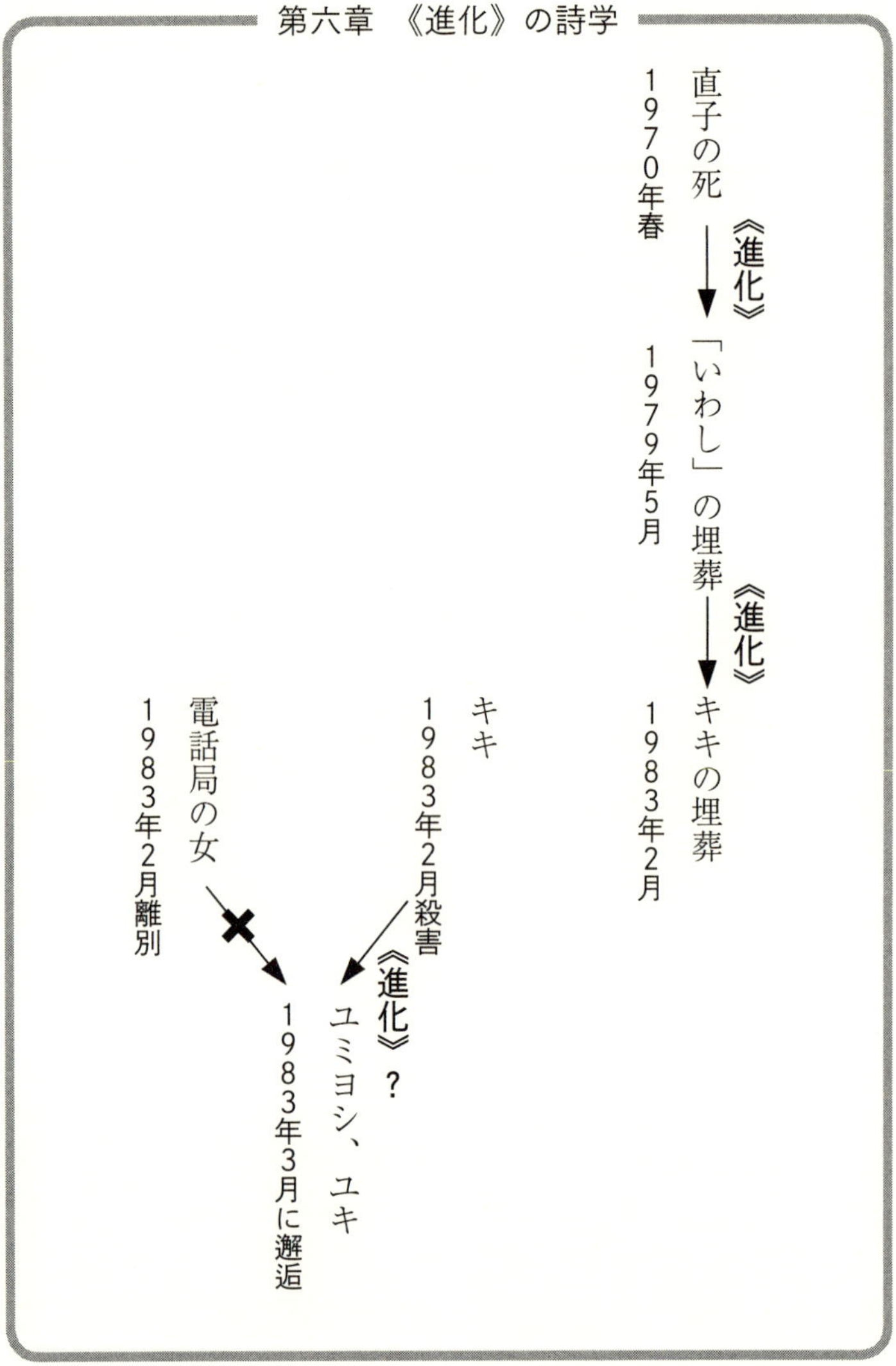
第六章　《進化》の詩学
直子の死
1970年春
《進化》
「いわし」の埋葬
1979年5月
《進化》
キキの埋葬
1983年2月
キキ
1983年2月殺害
電話局の女
1983年2月離別
《進化》？
ユミヨシ、ユキ
1983年3月に邂逅

あとがき

直子の魂は鎮められたのか――。

処女作『風の歌を聴け』に「三人目の相手」として登場した彼女は、その後に発表された五つの長編小説の中で、時に姿を変え、時に姿を消すことによって、その確かな存在を示し続けてきた。

《虚偽》、《連想》、《数字》、《転換》、《対極》、《進化》――六つの「詩学」を駆使して直子を描き続けた作家・村上春樹は、八〇年代最後の作品である『ダンス・ダンス・ダンス』で、遂に彼女を〈埋葬〉したようにも見える。そこに至る全作品を通じて、彼女に向けた《鎮魂》の儀式を執り行っていたのだと言うことも可能だろう。

しかしながら、近年、明らかになったのは、村上氏自身の心から〈喪われた恋人〉の存在を消し去ることが如何に困難であるのかだ。短編集『女のいない男たち』[1]が発表されたのは、二〇一四年のことである。その表題作に記されていたのは、「自死を選んだ三人目」の恋人をめぐる語り手・僕の追想であった。僕は彼女を仮にエムと名付け、彼女との出会いを仮に十四歳に設定し、二人の架空の思い出を紡ぎ出してゆく。

〈喪われた恋人〉を幾重にも仮構した短編「女のいない男たち」で、その最終部に至って吐露される僕の想いは余りに率直なものである。


エムが今、天国——あるいはそれに類する場所——にいて、『夏の日の恋』を聴いているといいと思う。その仕切りのない、広々とした音楽に優しく包まれているといいのだけれど。ジェファーソン・エアプレインなんかが流れていないといい（神様はたぶんそこまで残酷ではなかろう。僕はそう期待する）。そして『夏の日の恋』のヴァイオリン・ピッチカートを聴きながら、彼女がときどき僕のことを思い出してくれればなと思う。しかしそこまで多くは求めない。たとえ僕抜きであっても、エムがそこで永劫不朽《えいごうふきゅう》のエレベーター音楽と共に、幸福に心安らかに暮らしていることを祈る。

女のいない男たちの一人として、僕はそれを心から祈る。祈る以外に、僕にできることは何もないみたいだ。今のところ、たぶん。

（「女のいない男たち」二八四―八五）


僕は「たとえ僕抜きであっても」、彼女が『夏の日の恋』を聴きながら「幸福に心安らかに暮らしていることを祈る」。

村上氏の《鎮魂》の儀式は、デビューから三十五年の時を経て、ようやく終りを迎えたのかもしれない。「祈る以外に、僕にできることは何もない」――そう記した時の村上氏は「詩学」から最も遠い地点に立っていたのだろう。いかなる文学的技法も「正直」さを前にしては無力だ。私には、これが作家・村上春樹が〈喪われた恋人〉に捧げる最後の文章となるような気がしてならない。

彼女が幸福に心安らかに暮らしていることを、心から祈る――我々にできることも、今や、それ以外にないだろう。

1 村上春樹『女のいない男たち』（文藝春秋、二〇一四年）。

各章の論考は以下の論文に加筆修正したものである。

■**初出一覧**

第一章　「ホワイト・クリスマス、カポーティ、雲雀の舞い唄《フライト・ソング》――村上春樹『風の歌を聴け』と《虚偽》の詩学」『人間・環境学』二六巻（二〇一七年）受理済。掲載予定。

第二章　「村上春樹『1973年のピンボール』論――フリッパー配電盤、ゲーム・ティルト、リプレイ、あるいは、双子の女の子、直子、くしゃみ、『純粋理性批判』の無効性」『札幌大学総合論叢』二七巻（二〇〇九年）一三―三九頁。

第三章　「午前8時25分、妻のスリップ、最後に残された五十メートルの砂浜――村上春樹『羊をめぐる冒険』における〈再・喪失〉の詩学」『人間・環境学』二四巻（二〇一五年）一―一二頁。

断　章　書き下ろし。

第四章　「天上で輝く星、岸に打ち寄せる海、革命家と結婚したクラスメイト――村上春樹『世界の終りとハードボイルド・ワンダーランド』における〈削除〉と〈改竄〉の詩学」『人間・環境学』二五巻（二〇一六年）一―一三頁。

第五章　「村上春樹『ノルウェイの森』論――「フランス語の動詞表」と「ドイツ語の文法表」をめぐって」『札幌大学総合論叢』二六巻（二〇〇八年）一二九―四八頁。（『村上春樹スタディーズ二〇〇八―二〇一〇』（若草書房、二〇一一年）に再録。）

第六章　「村上春樹『ダンス・ダンス・ダンス』論――月に帰るE.T.・海に沈むマセラティ」『言語と文化』二二巻（二〇一〇年）八三―九二頁。
「ユミヨシさんの魅惑――初期四部作における〈転生〉の詩学」第六回村上春樹国際シンポジウム、口頭発表（二〇一七年）。

村上《むらかみ》春樹《はるき》と《鎮魂《ちんこん》》の詩学《しがく》

午前《ごぜん》8時《じ》25分《ふん》、多《おお》くの祭《フェト》りのために、ユミヨシさんの耳《みみ》

2017年10月4日　第1刷印刷
2017年10月18日　第1刷発行

著　者　小島基洋《こじまもとひろ》

発行者　清水一人

発行所　青土社
〒101-0051　東京都千代田区神田神保町1-29　市瀬ビル
電話　03-3291-9831（編集部）　03-3294-7829（営業部）
振替　00190-7-192955

印　刷
製　本　ディグ

装　幀　岡 孝治

写　真　Alexander Dolonsky/Shutterstock

ISBN978-4-7917-7016-8
Printed in Japan